お助けキャラに彼女がいるわけないじゃないですか

はむばね

ファンタジア文庫

2679

口絵・本文イラスト　sune

お助けキャラに彼女がいるわけないじゃないですか
べ、別に何も隠してない、よ？
庄川さんには誰にも知られてはいけない秘密がある。
一見、地味っ娘な彼女は実は……

ワンチャンいける……！

「みんな、お待たせ！
魔光少女まほろば☆マホマホ！
ただいま参上！」
マホマホ
魔法と物理で街の平和を守る魔光少女。みんなに正体はナイショだよ
そう、庄川真帆こそ街の平和を守る魔光少女。
正体は絶対に知られてはいけない！
……はずなんだけど⁉

恋人同士なんだし……おかしくはないよね……！
庄《しょう》川《かわ》真《ま》帆《ほ》
どこでも魔法を使おうとする超弩級のうっかりさん。護常とは恋人同士（？）
それは、愛だよ愛
里《さと》崎《ざき》翔《しょう》子《こ》
ギャルに見えて、BL愛好家。日々、ソラ×ヒラのカップリング妄想が捗っている

空《そら》橋《はし》悠《ゆう》一《いち》
クラスのカースト最上位でイケメンだけど、やっぱり勘違いには気づかない！
邑《むら》山《やま》京《きょう》香《か》
平地たち、２年２組の担任。鋭い眼光が特徴の24歳
平《ひら》地《ち》護《もり》常《つね》
庄川さんの秘密を知ってしまい、完璧なお助けキャラを誓う……が、無自覚な告白で庄川さんとカップル成立!?
もうちょっと我慢出来ないのか？
庄川さんの秘密は、僕が守らねば……！
あの時の君が、ヒーローみたいに見えたんだよ

まぁけど、バレたのが同じ嗜好《しこう》を持つ同志で良かった
ま、こうなりゃウチらは同志ってやつだし。よろしくね

う、うん……よろしく……お願いします……
正直、今どういう状況なのか全然わからないけど……でも、
平地くんとの距離をどうにかしたいと思ってるのは本当で……

contents

第0章…魔光少女の正体は…005

第1章…秘密厳守の代償は…012

第2章…観察期間の結論は…026

第3章…関係交錯の黎明は…049

第4章…密談男子の友情は…075

第5章…一大決意の影響は…096

第6章…各自思惑の錯綜は…140

第7章…休日逢瀬の展開は…168

第8章…胸中自覚の告白は…217

第9章…彼ら彼女らの終幕は…265

あとがき…281

お助けキャラに彼女がいるわけないじゃないですか

はむばね
Hamubane

イラスト／sune

第0章　魔《ま》光《こう》少女の正体は

この街は、魔光少女を名乗る一人の女の子によって守られている。

僕は彼女がどうやってその力を手に入れて、なぜ街を守ってくれているのか知らない。

その正体も知らない。

誰《だれ》も、知らない。

知らない、はずだったんだ。

◆　◆　◆

「ふははは！　泣け！　喚《わめ》け！　愚《おろ》かな民《たみ》どもよ！」

ボンテージ姿のお姉さんが、空中に浮《う》かんだ状態でそんなことを叫《さけ》んでいる。

彼女の名は、ピンク・ジェネラル。通称《つうしょう》『ピンジェネさん』と呼ばれている、世界征服《せいふく》推進機構の幹部の一人である。ちなみに世界征服推進機構っていうのは……あまりにストレートな名前すぎて逆に説明しづらいんだけど、その名の通りいわゆる世界征服を目論《もくろ》んでいる悪の組織的なアレだ。目標が大きい割に、この荒雅《あらまさ》市——関東の山裾《やますそ》に位置する、特段これといった特徴《とくちょう》もない我が街――にしか出現しないのには何か理由があるのか。

「さぁ、絶望するがいい……！」

ご機嫌《きげん》そうに、ニヤリと笑うピンジェネさん。

戦う力を持たない僕たちには、その様を遠巻きに見ていることしか出来ない。

「どうだい……どんな気分だい？」

嗜虐《しぎゃく》心たっぷりに告げられる言葉に、ただただ恐怖《きょうふ》することしか出来ないんだ。

「ケズケズー！」

『イー！』

ピンジェネさんの遥《はる》か足元では、彼女の部下であるヤスリ型怪人《かいじん》ケズルンガー（両手と頭部がヤスリっぽい形状になっている怪人）とザ・子鬼《こおに》（子供くらいの大きさの、全身真っ黒な鬼っぽい姿の一般戦闘員《いっぱんせんとういん》）たちが……。

「お前らの敬愛する市長の銅像が、ツルッパゲにされるってのはよぉ！　ひゃっはは！」

市役所前に設置された市長の銅像の頭部を、ガリガリと削《けず》っているというのに！

嗚呼《ああ》、なんたる極悪《ごくあく》非道！

くっ……！　正直さほど市長のこと敬愛してるわけじゃないし、その髪《かみ》が風に吹《ふ》かれる度《たび》怪《あや》しい動きをすることは周知の事実だからむしろ真実に近い姿になるんじゃないかという気さえするけども……！　それはそれとして、血税によって作られた銅像が……！

早く……！　早く、来てください……！

そんな、僕の祈《いの》りが届いたんだろうか。

――あれはなんだ？

――鳥か？

――飛行機か？

野次馬《やじうま》の一部が、空の彼方《かなた》を見上げてそんな声を上げた。僕もそちらへ目を向ける。

最初、それは米粒《こめつぶ》くらいの大きさにしか見えなかった。けれど、見る間にグングン大きくなって……つまり、こちらに近づいてきていることがわかってくる。

――いや、あれは……！

そう、あれが……！

『魔光少女だ！』

あれこそが、僕らの待ち望んだ存在なのだ！

「みんな、お待たせ！」

僕たちに降り注ぐキュートな声。

「魔光少女まほろば☆マホマホ！　ただいま参上！」

空中で停止した拍子《ひょうし》に、ツインテールがピョコンと揺《ゆ》れた。濃褐色《のうかっしょく》の瞳《ひとみ》を始め、顔立ちそのものは日本人顔。にも拘《かか》わらず、その鮮《あざ》やかな金髪《きんぱつ》は見る者に違和感《いわかん》を与《あた》えない。幼さを残しつつも——といっても僕と同世代くらいに見えるけど——十二分に目鼻立ちの整った美少女であれば、どんな髪の色だって似合ってしまうものなのかもしれない。

衣服もまた然《しか》り。原色に近いカラフルな色調で彩《いろど》られたコスチュームは、ともすれば下品にも見えかねないものだと思う。けれど彼女に着られることによって、たとえ舞踏《ぶとう》会の中にあっても不思議ではないほど優美に見えるんだ。ヘッドに黄金色《こがねいろ》の宝玉を頂いた魔法のステッキも、彼女が手にすればまるで観衆を指揮するためのタクトのよう。

魔光少女まほろば☆マホマホ。

一年前、突如《とつじょ》この街に出現した世界征服推進機構に呼応したかの如《ごと》く現れた、我が街の守護者の名前だ。まぁ、いわゆる一つの魔法少女的存在というやつである。

『うぉぉぉぉぉぉぉぉぉぉぉ！　マホマホぉぉぉぉぉぉぉぉぉぉぉぉぉぉ！』

マホマホを見上げる人々から、地を揺らさんばかりの声援《せいえん》が送られる。どこかの集計によれば、我が街の住人の実に九割にも及《およ》ぶ人が彼女のファンだとか。

もちろんこの僕、平地護常《ひらちもりつね》とて例外ではない。

いや、むしろ僕ほどのマホマホファンは滅多《めった》にいないだろうという自負すらある。マホマホの活躍《かつやく》を伝えるニュースは全部録画し、少ないお小遣《こづか》いから捻出《ねんしゅつ》してマホマホ関連グッズ（非公式）を買い集め、今やマホマホのフィギュアを自作するほどなのだ。

スイッター――『世界征服推進機構見ーっけたー！』の略で、世界征服推進機構の目撃《もくげき》情報を共有し合うために作られたＳＮＳ――の確認《かくにん》だって欠かさない。おかげで今日も近所で世界征服推進機構が出現したことを素早《すばや》く察知し、マホマホを生で見ることが出来た。

「うぉぉぉぉぉぉ！　マホマホぉぉぉぉぉぉ！　頑張《がんば》ってくださぁぁぁぁぁい！」

僕も、周囲に負けじと大声でマホマホへと声援を送り。

その勇姿を、余すこと無くこの目に焼き付けるのだった。

◆　◆　◆

「いやー、至福の一時だった……」

戦いはマホマホの勝利に終わり、今日もこの街の平和は守られた。

「ピンジェネさんの苦し紛《まぎ》れのラリアットをマホマホがヤクザキックで迎撃《げいげき》したところなんて、最高に盛り上がったなぁ……」

そんな独り言を呟《つぶや》きながら、僕は未《いま》だ夢見心地《ごこち》で帰り道を歩いていた。

ゆえに、最初それは幻《まぼろし》の一種なんだと思った。

なにせマホマホの姿が、前方に見えた気がしたのだから。マホマホはついさっき、「みんな、応援《おうえん》ありがとーっ☆」と素敵な笑顔《えがお》を残して遥か彼方に飛び立ったはずなのに。

眼鏡《めがね》を外し、目頭《めがしら》を揉《も》む。

「……やっぱり、マホマホだ」

だけど再び目を開けてみても、マホマホの姿は未だそこにあった。まるでどこにでもいる普通《ふつう》の女の子みたいに、人気《ひとけ》のない田舎《いなか》道を歩いている。

一度彼方に飛び去ったと見せかけて、戻《もど》ってきた……ってことなんだろうか……？

だとすれば、なぜわざわざそんなことを……？

……けど、いずれにせよこれは。

「マホマホとお話出来るチャンスかも……!?」

僕はゴクリと喉《のど》を鳴らし、マホマホの後を追いかけた。

マホマホはいつもどこからともなく現れどこへともなく去っていくから、これまで彼女との対話に成功した人は誰もいないと言われている。

僕が、その第一号になれるかもしれない。

僕の胸は、そんな高揚感《こうようかん》に満たされていた。

「……マホマホ？」

誓《ちか》って言うけれど。

僕に、それ以外の他意なんてなかった。

そう。

マホマホが入っていった空き地に、続いて足を踏《ふ》み入れようとして。

彼女を中心に発生した強い……けれど不思議と眩《まぶ》しくはない光の中に、幼くも女性らしい身体《からだ》のシルエットが浮かび上がるのを呆然《ぼうぜん》と見つめる僕の視界の中で。

光が消えた、その後に。

「ふぅ……今日も何事もなく終わってよかったぁ……」

ホッとした表情を浮かべる女の子が。

県立荒雅高校のブレザーに身を包んだ彼女が。

二年二組にて僕と席を同じくする、庄川真帆《しょうかわまほ》さんが。

そこに現れるだなんて、夢にも思わなくて。

魔光少女まほろば☆マホマホの正体を暴《あば》くつもりなんて、僕には微塵《みじん》もなかったんだ。

第1章　秘密厳守の代償《だいしょう》は

衝撃《しょうげき》の事実に直面した翌朝、県立荒雅高校（通称『アラ高』）二年二組の教室にて。

僕は、机に突《つ》っ伏《ぷ》すふりをして観察していた。

その対象は……僕の右隣《みぎどなり》の席にて文庫本に目を落とす、庄川真帆さんその人だ。

なるほど改めて見てみれば、その顔はマホマホと瓜二《うりふた》つと言えた。違《ちが》いといえば、髪型とその色……マホマホの金髪に対して、庄川さんの髪は烏《からす》の濡《ぬ》れ羽《ば》みたいな漆黒《しっこく》であること。あとは、眼鏡の有無《うむ》くらいか。確かに、伸《の》ばしっぱなしの前髪と無造作に結んだようにしか見えないおさげ……ってヘアスタイルに、分厚い眼鏡。これらは、マホマホの華《はな》やかな雰囲気《ふんいき》とは程遠《ほどとお》いけれど。

……まぁ目が隠《かく》れんばかりに伸びたボサボサの髪で、庄川さんに負けないくらい分厚い瓶底《びんぞこ》眼鏡をかけている僕も全く人のことは言えないんだけど、そこは棚《たな》に上げておいて。

重度のマホマホオタクを自負しているこの僕が、一ヶ月もの間クラスメイトとして過ごしていながら、今までその類似性《るいじせい》に全く気付かなかったっていうのはおかしな話だ。というか、類似性も何も顔そのままなんだし。となると……魔法の力的なサムシングで別人に見えるようになっていた、ってとこだろうか。一度正体がバレてしまえば効力を失ってしまうため、今の僕には同一人物として認識出来る、と。そう考えると辻褄《つじつま》は合いそうだ。

にしても……いやはやこれは、大変なことになってしまった。

自然、昨日あの後に見た光景が脳裏《のうり》に再生される。

「真帆、何度も言ってる通り変身を解く時には周りに注意しないといけないでチュウよ」

驚《おどろ》き覚めやらぬ僕の耳に、そんな可愛《かわい》らしい声が聞こえてきた。こっちからは庄川さんの背中しか見えないけど……いわゆるマスコットキャラ的存在でもいるんだろうか。

「わかってるよ、大丈夫《だいじょうぶ》だって」

うん、あの、大変申し訳ないんですが……全然、大丈夫じゃないです……僕、目撃しちゃってます……マスコットキャラ的存在さんの言うこと、全面的に正しいです……。

「本当にわかってるんでチュウか？　いいでチュウか？　これも、何度も言ってるでチュウけどね。もしも、マホマホの正体がバレちゃうとでチュウね……」

バレると……？　どうなるって言うんだろう……？

確かに、魔法《まほう》少女的存在といえば正体がバレることによって様々なペナルティが課されるのが『お約束』。それは例えば、魔法少女的存在としての力を失ってしまうというものであったり、記憶《きおく》を失ってしまうというものであったり、中には命に関《かか》わるものも。

では果たして、マホマホの場合は……？

「三十歳まで彼氏が出来ない呪《のろ》いが掛《か》かっちゃうんでチュウよ！」

そ、そんなペナルティが……!? なんて、重……重……いや、重いけども！

思ってた感じと違う！　ちょっと深刻さが足りなくないですかねぇ!?


なんて感想を抱《いだ》きながら、昨日はあの場をそっと後にしたわけだけど。

一晩経《た》って冷静に考えてみれば、実際問題このペナルティは普通にキツい。僕みたいにどうせ将来に渡《わた》って恋人《こいびと》出来ないのが確定してて、端《はな》から諦《あきら》めてるような人種ならともかく。たった一人で身体を張って僕たちを守ってくれている女の子が、この先十年以上に渡って恋人が出来ないなんていう苦しみを背負っていいはずがない。

僕は、机の下で密《ひそ》かにグッと拳《こぶし》を握《にぎ》った。

どうして魔光少女になったのですか？

なぜ街を守ってくれているのですか？

世界征服《せいふく》推進機構とは何なのですか？

聞きたいことは山ほどある。だけど、聞くことは出来ない。

それは、僕が人に話しかけるのが苦手だからってわけじゃなくて……いやまぁ、それが全く微塵も関係していないのかというとそういうわけでもないんだけど、それはともかく。僕が懸念《けねん》してるのは、『正体を知られたことを自覚する』ことがペナルティ発動のトリガーになるってパターンだ。現時点じゃ、ペナルティが既《すで》に発動してるのかはわからないけど……僕の不用意な行動で、彼女を苦しめる原因を作り出してしまうわけにはいかない。条件がわからない以上、慎重《しんちょう》の上にも慎重を期す必要があるだろう。

もちろん、他《ほか》の人にペラペラ話すなんてもってのほかだ。

僕は、この秘密を胸の内にしまい込んでおかなきゃいけない。

少なくとも、庄川さんの口からこの件について触《ふ》れられるまでは。

あるいは……一生、お墓の中に入るその時まで。

◆　◆　◆

その後も、授業中休み時間を問わず密かに庄川さんを注視し続けていたのだけれど。

彼女に異変が生じたのは、四時間目のことだった。それまで真面目《まじめ》にノートを取っていた庄川さんが、突如ハッとした表情を浮《う》かべたかと思えば急にソワソワし始めたのだ。

時刻は、授業終了《しゅうりょう》十分前。昼休み直前ともなれば、ソワソワとした雰囲気はクラス全体を包んでもいる。だけど僕や庄川さんのような——そっとお弁当を取り出しモサモサ食べた後は、ひたすら机に突っ伏したり本に目を走らせたりするだけの——人種には、昼休み前のソワソワは無縁《むえん》のはず。一体、どうしたっていうんだろう……？

……っ、まさか⁉

とある可能性に思い至り、僕はそっと机の下にスマートフォンを取り出した。ブラウザを立ち上げ、ブックマークからスイッターを選択《せんたく》する。すると、案の定。僕の懸念した通り、世界征服推進機構が出現したとの報が舞《ま》い込んでいた。庄川さんは、ずっと黒板とノートの間でのみ視線を動かしていたようにしか見えなかったけど……たぶん、魔法の力的なアレで世界征服推進機構の出現を察知することが出来るんだろう。

しかし、あいにく今は授業中……！　庄川さんは、マホマホは、出動不可能だ……！

嗚呼《ああ》、このまま荒雅市は世界征服推進機構に蹂躙《じゅうりん》されるしかないというのか……⁉

……って、ちょっと待って？　世界征服推進機構が、授業時間外にしか現れないなんていう奇跡《きせき》が起こり得るんだろうか？　そんなわけはない。というか実際、僕は授業中ゆえマホマホの応援に行けず悔《くや》しい思いを何度もしてるんだし。

なら、庄川さんはどうやって授業中に出動してたっていうんだろう……？

僕は、隣の席を横目でジッと観察する。庄川さんは何やら顔を朱《しゅ》に染めて俯《うつむ》き……けれどしばらくそうした後、決意を秘《ひ》めたような表情と共に顔を上げた。

「せ、先生」

そして、おもむろに手を挙げ立ち上がる。

「ん？　なんだ、庄川」

国語の教科担当にして我が二年二組の担任でもある邑山京香《むらやまきょうか》先生が、軽く首を傾《かし》げて問いかけた。今年で二十四歳になる教職二年目の若い先生だけど、その切れ長の目から放たれる威圧感《いあつかん》はベテラン教師をもビビらせると専《もっぱ》らの噂《うわさ》だ。

さて、そんな邑山先生相手に庄川さんはどうするつもりなのか……。

「あの……」

一瞬《いっしゅん》言い淀《よど》んだものの、その目に宿った決意は微塵も揺《ゆ》らいでいないように見える。

そして、再び開いた唇《くちびる》から紡《つむ》がれた言葉は。

「お手洗いに行ってもいいでしょうか？」

そ、そ、そ……！　そうだったぁぁぁぁぁぁぁぁぁぁぁ！

なぜ僕はこんな重要なことを忘れていたのか！　いや、なぜかと問われれば今まで全然興味を抱いてなかったからと答える他ないんだけどそれはともかく！　庄川さんは普段全くといっていいほどに目立たない存在だけど、それには一つだけ例外があったのだ！

それこそが、授業中にお手洗いに行く頻度《ひんど》の高さ！

なるほどお手洗いっていうのはフェイクで、密かにマホマホに変身してたわけか……。

聡明《そうめい》な庄川さんともあろうお方が、授業中に度々《たびたび》お手洗いに行くことを申し入れる自分が周りからどんな風に思われているのか想像出来ないはずがない。これが、周りの評判なんて気にしない唯我独尊《ゆいがどくそん》タイプのぼっちだったならまた話は違ったんだと思う。けれど庄川さんがそうでないことは、羞恥《しゅうち》で赤く染まった顔が何より如実《にょじつ》に物語っている。

にも拘《かか》わらず、マホマホとして出動するために恥《は》ずかしさを振《ふ》り切るとは……！

なんという意志の強さ、なんという自己犠牲《ぎせい》の精神なんだろう……！

僕は……！　僕は今、猛烈《もうれつ》に感動している……！

「うーん……もうちょっとで昼休みだし、我慢《がまん》出来ないのか？」

って、ちょっ……邑山先生⁉

空気を読んでくださいよ⁉　一人の少女が、羞恥をかなぐり捨ててでも戦場に赴《おもむ》こうとしているのですよ⁉　それを、喜んで送り出してやれずして何が教育者ですか！

というかその辺りの事情を知らないのは仕方ないにしても、授業終了数分前にわざわざ手を挙げて申し出ているのですよ⁉　その……ダムがそろそろ決壊《けっかい》寸前的な、そういう事情を考慮《こうりょ》して差し上げた方がよろしいのでは⁉

…………いや、しかし。だがしかし。
たとえ先生に阻《はば》まれようと、庄川さんは止まりはしないだろう。
あの目に宿った決意は、それほどまでに揺るがぬ輝《かがや》きを放っていた。
庄川さんが……マホマホが！　この程度の障害で挫《くじ》けるものか！
さぁ、庄川さん！　言ってやってください！
我《われ》は、何があっても行かねばならぬのだと！
こんなところで引き下がりなどしないのだと！

「そ、そうですね……すみません、我慢します……」

って、座ったぁぁぁぁぁぁぁぁぁぁぁぁぁぁぁ！
引き下がったぁぁぁぁぁぁぁぁぁぁぁぁぁぁぁ！
あっさり揺らいで挫けたぁぁぁぁぁぁぁぁぁぁぁ！
いやいやいや庄川さん、さっきの決意の表情はなんだったんですか⁉
……っと。いけないいけない。
どうも僕は、いつの間にやら庄川さんに僕の理想を押し付けてしまってたみたいだ。

庄川さんは、魔光少女である前に一人の女の子。多感な高校二年生の女子なんだ。

見よ、周りから漏《も》れるクスクスという笑い声に身を縮こませる彼女の姿を。これを見て、恥《はじ》を投げ捨てろなどと誰《だれ》が言えよう。これは、仕方のないことなのだ。街の皆《みな》さんには、あと数分だけ耐《た》えていただくことに…………って。

あれ……？　庄川さん……？　今、ポケットから何か取り出しました……？　何ですかね、それ……？　あの、なんといいますか、凄《すご》く……マホマホのステッキに似ている気がするんですけども……似ているというか、ステッキの縮小版といいますか……それがシャキンと伸《の》びると、マホマホのステッキとして、とてもしっくり来る感じなのですが……。

その……いや、ないとはわかっているんですよ？

わかってはいるんですけども、それ……まさかとは思いますけれど。

マホマホに変身するためのアイテム的なアレってわけじゃないですよね？

ないですよね？

「仕方ないよね……」

何をちっちゃく呟《つぶや》いているのですか⁉

あの、あれですよね⁉　あと数分くらい仕方ないよね、の「仕方ない」なんですよね⁉

ホント、わかってるんですよ。わかってはいるんですけどね？

絶対違《ちが》うって、わかってはいるんですけども。

「ワンチャンいける……！」

なんかその、呟いている表情がね⁉　凄く、決意を秘めた感じに見えちゃってるんですよ⁉　まさかのまさかだとは、思っているんですけどね⁉

ひょっとして……あろうことか……。

この場で変身しようだとか……。

思っちゃったりしちゃったりなんか、してないですよね……？

「闇《やみ》の神よ、死の王よ、混沌《こんとん》の主《あるじ》よ。我《われ》の捧《ささ》げる供物《くもつ》と引き換《か》えに、我に力を……」

なんか呪文《じゅもん》っぽいの唱え始めたぁぁぁぁぁぁぁぁぁぁぁぁぁぁ⁉

え、嘘《うそ》でしょ⁉　魔《ま》光《こう》少女の変身呪文って、もっとこうキャルル～ン☆って感じのやつじゃないんですか⁉　それ、むしろネクロマンサー的な人が使うような呪文ですよね⁉

……って、動揺《どうよう》しすぎてツッコミどころ間違えた！

「我が名は庄川真帆……全《すべ》ての生を蹂躙する者にして、全ての死を救済する者なり……」

いやマジでものっそいネクロマンシングっぽいけども！

それよりも！　庄川さん！　なんか、一言唱えるごとに縮小版ステッキ的なやつが輝き放ち始めてるんですよ！　徐々《じょじょ》に伸びてきちゃってるんですよ！

これもう確定ですよね⁉　今ここで変身しようとしてますよね⁉

どこで意志の強さ発揮しようとしてるんですか⁉　ここは、正体をバラしてでも……みたいな場面じゃないですから！　もう、素直《すなお》に数分待ちましょうよ！　街の人々も、それくらい笑って許してくれますよ！　ほら、スイッター見たら今回の被害《ひがい》『自転車のサドルを片っ端《ぱし》から二～三センチ下げられる』ってだけですし！

というか、何を以《もっ》てワンチャンいけると思ったのですか⁉　貴女《あなた》の席、教室のド中心ですよ⁉　むしろ、今の呟きと光が周りにバレてないのが奇跡的なレベルですからね⁉

くっ……なんて、呑気《のんき》に考えている場合じゃない……！

とにかく、どうにかみんなの意識を庄川さんから逸《そ》らさねば……！

「うぉぉぉぉぉぉぉぉぉぉぉぉぉぉぉぉぉぉぉぉぉぉぉぉぉぉぉぉぉ！」

僕は、そんな風に全力で叫《さけ》びながら立ち上がった。

これは僕の名誉《めいよ》を投げ捨てることになる手段だけど……止《や》むを得ない。マホマホのためなら、捨てるのも惜《お》しくは……いや、違うか。元より僕は、スクールカーストの最下位に位置する存在。護《まも》るべき名誉なんて、最初から存在しないじゃないか。

ふっ……ならば、せいぜい派手に散ってやるとしよう！

「おい平地、急に何を……」

「一番、平地護常！」

戸惑《とまど》い気味の邑山先生の声を遮《さえぎ》り、強行する。

「一発芸やります！」

クラスメイトの皆さんは、僕の突如《とつじょ》の奇行《きこう》をポカンと眺《なが》めているのみ。

そんな中で僕は眼鏡《めがね》を外し、形状記憶《きおく》のつるを限界近くまで広げて胸部に当てた。

「ブラジャー！」

シン……と、静寂《せいじゃく》が広がる。

滑《すべ》った。

見事なまでに滑った。

でも、これは仕方ないことなんだ。最初からわかっていたことなんだ。こんな場面でドカンと笑いを取れるなら、そもそもスクールカーストの最下位に甘んじてなんていない。

とはいえ、想像以上に居た堪《たま》れない気持ちではあるけれど……狙《ねら》い通りに、クラス中の視線は僕に集まった。なんだコイツ……というドン引きの目が、全て集まっている。

さぁ、庄川さん！　今のうちです！

ここで変身するなりお手洗いに駆《か》け込むなり、お好きにどうぞ！

……………庄川さん？

どうしたのですか、庄川さん。どうして貴女までこちらを見ているのですか。今がチャンスなんですよ、庄川さん！ 僕の犠牲を無駄《むだ》にしないでください！

……って、庄川さん？ なんだか口元をヒクヒクさせて、どうしたのですか？


「は、はは……面白《おもしろ》いね」


愛想《あいそ》笑いぃぃぃぃぃぃぃぃぃぃぃぃぃぃぃぃぃぃぃぃぃぃぃぃぃぃぃぃ！

今、そんな優《やさ》しさいりませんから！ 中途半端《ちゅうとはんぱ》な優しさは余計に人を傷つけるのだということをご存知ないですか!? って、そうじゃなくて！ その優しさは、苦しんでいる街の人々に向けてくださいよ！ 苦しんでいると言っても、ちょっと自転車乗る時に違和感《いわかん》あるかなって程度のものですけども！

――キーンコーンカーンコーン。

そうこうしているうちに、チャイム鳴ったぁぁぁぁぁぁぁぁぁぁぁぁぁぁぁぁぁぁぁぁぁ！

僕の犠牲、完全に無駄になったぁぁぁぁぁぁぁぁぁぁぁぁぁぁぁぁぁぁぁぁぁぁぁぁ！

「あー…………では、これで授業を終わる」

「きりーつ、れーい」

あぁっ、スルー！　皆さん、僕の存在をなかったかのように扱《あつか》っている！

でも、気持ちは凄くよくわかるよね！　僕だって、他《ほか》の人がこんなことをすれば同じように対応する自信があるもの！　こんな腫《は》れ物、どう扱ったところで火傷《やけど》にしかならないもんね！　というか僕としても今はそっとしておいて欲しい気持ちなのでむしろありがたい限りです！　これが……！　これが、優しい世界……！

……って、それより庄川さんは……？

チラリと目を向ければ、庄川さんがちょうど教室から出て行くところだった。僕の一件で浮足立《うきあしだ》ったクラスメイトたちは、その姿に気付いてない様子。

ふっ……チャイムと同時にダッシュを決めた庄川さんに『漏れそう』だった疑惑《ぎわく》がかかるのを防げたと思えば、僕の犠牲にも多少の意味はあったってところか……。

まぁなんにせよ、これで一安心だ。今日は少々ピンチに陥《おちい》ってしまったようだけど、こんなことがそうそう起こるわけでもないだろう。なにせ庄川さんは、これまで誰にもその秘密を知られることなくマホマホの正体を隠《かく》しきってきたお方なのだから。

ははは……。

…………。

……起こるわけ、ない……ですよね……？　庄川さん……？

第2章　観察期間の結論は

それは例えば、とある休み時間のこと。

いつも通り机に突《つ》っ伏《ぷ》して寝《ね》た振《ふ》りをする僕の耳に、そんな可愛《かわい》らしい声が届いてきた。

「真帆、真帆」

「……？」

顔を上げ、辺りを見回してみる。だけど、声の主らしき存在は見当たらない。僕以外にその声に気付いた人もいなそうだ。皆さん、思い思いに休み時間を過ごしている。

ただ一人、庄川さんを除いては。

「（ちょっと、チュウ！　学校では話しかけないでって言ったじゃない！）」

本の世界に意識を投じていたらしき庄川さんが、突如僕にインスパイアされたかのように机に突っ伏し小声でそんな言葉を口にした。話しかけてる先は……机の横に掛《か》かった彼女の、鞄《かばん》？　……はは一ん、さてはアレか。こないだ庄川さんと話してた存在が、そこに潜《ひそ》んでるってわけだな？　魔法少女的存在には付き物の、可愛いマスコット的なアレが。

「そんなことを言っている場合ではないでチュウ！」

果たして、鞄から顔を出したのは可愛い可愛い…………………イタチだこれ⁉　いや、確かに可愛いけども！　まんまイタチ過ぎる！　こういうマスコット的な存在って、普通《ふつう》もっとデフォルメされた感じになるのでは⁉　いくらなんでも獣《けもの》感が過ぎませんかねぇ⁉

「このままじゃ、大変なことになるんでチュウ！」

と、ともあれ……やっぱりその声は、件《くだん》のイタチさんから発せられてるみたいだ。

「（……何があったの？）」

イタチさんの深刻な様子に、庄川さんの表情も真剣味《しんけんみ》を帯び始める。

なんだろう……？　また、世界征服《せいふく》推進機構が現れたのか……いやしかし、言ってしまえばそんなものは日常茶飯事《さはんじ》。殊更騒《ことさらさわ》ぎ立てるようなこととも思えない。となると、もっと大きな危機が迫《せま》ってるってことか。例えば、新たな敵勢力の出現とか……。

「実は……」

その可愛らしい声を、一段低くするイタチさん。

「おしっこが漏《も》れそうなのでチュウ……」

って、危機のスケールが少々個人的過ぎるのでは⁉

「そりゃ大変だ⁉」

だけど庄川さんは、思わずといった感じでそう叫んだ。

……なるほど確かに、考えてみれば庄川さんにとっては大変なことではあるのかもしれない。もしここでイタチさんがお粗相《そそう》などしてしまった日には、その存在がバレること不《ふ》可避《かひ》。ペットを持ち込んだとして、庄川さんは何らかの罰《ばつ》を受けてしまうことになると思う。それだけならまだしも、イタチさんの存在からマホマホの正体まで露見《ろけん》しかねない。

が、しかし……！　だからこそ、ここは冷静に対処していただきたかった……！

まだ休み時間は十分に残ってるんだから、今すぐひっそりと鞄を持ってお手洗いに行けば簡単に惨事《さんじ》は免《まぬが》れたはず……！　にも拘《かか》わらず庄川さんは、大声を上げることによって自ら退路を断《た》ってしまった……！　普段は大人しい彼女の叫び声に、既《すで》に教室一同はポカンとした表情で庄川さんに注目してしまっているのだ……！

「あー……なに、どうかした？　庄川さん」

と、そこで庄川さんに話しかけたのはクラス内……否《いな》。学校全体で見てすらカーストの最上位に位置するであろうお方、眉目秀麗《びもくしゅうれい》にして成績優秀《ゆうしゅう》、更にはサッカー部のエースでキャプテンも務めているという、前世でどんな徳を積めばそんなステータスを持って生まれられるんですかランキング堂々の一位（僕内調べ）、空橋悠一《そらはしゆういち》くんその人だった。

「あ、その……」

庄川さんが顔を赤くして俯《うつむ》いてしまったのは、自らの失態を恥《は》じ入っているのか空橋く

んのイケメンオーラに当てられたのか。

と、その時。

「そろそろ限界でチュウ……」

咄嗟《とっさ》に鞄へと押し込まれていたイタチさんの、くぐもった声が教室内の空気を震《ふる》わせた。

「あれ……？　なんか今、変な声聞こえなかった……？」

「うん、聞こえた聞こえた」

「なんか、チュウ？　みたいな？」

今度は流石《さすが》に皆《みな》さんの耳にも届いてしまったようで、教室内がざわつく。

なにゆえ、主従揃《そろ》って自ら窮地《きゅうち》に全力ダイブするスタイルなんですかねぇ……!?

やっぱり、ここは僕が一肌脱《ひとはだぬ》ぐしかないか……！

「二番、平地護常！　モノマネやります！」

突如高らかに宣言すると共に立ち上がった僕に、クラスメイトの視線が集まる。

「お題！　もしもマホマホにマスコット的な存在がいたら！」

って、何を超《ちょう》ストレートにバラしちゃってるんだ僕は!?

えーい、こうなったら勢いで誤魔化《ごまか》すしかない……！

「チュウ……マホマホ、おしっこに行きたいのでチュウ……！」

開き直って、イタチさんそっくりの声でそんな台詞《せりふ》を口にする。

教室内に訪《おとず》れる、一瞬《いっしゅん》の静寂。

後……生まれたのは、爆笑《ばくしょう》だった。

「なんだよー、マホオタの声かよー」

「てかそれ、モノマネって言わなくなーい？　元ネタから妄想《もうそう》じゃーん」

「ほんで声可愛すぎ！　どっから出してんの⁉」

笑いながら、皆さんツッコミを入れてくる。

こ……これは……ウケた……の、かな……？　ノリのいいクラスメイトの皆さんで助かった……通信講座『出来る！　声帯模写！』をやっていた甲斐《かい》もあったってもんだよ。

あ、ちなみに『マホオタ』というのはマホマホオタクの略でもちろん僕のことである。

「ふふ……凄《すご》いな平地くん、まるでチュウのこと見たことあるみたい」

ちょっと庄川さん、せっかくの僕のアシストを積極的に無駄にしようとするのやめていただけますかねぇ⁉　幸い、小さい声だったんで誰《だれ》にも聞こえなかったみたいですけども！　あとそのイタチさん、今も鞄からちょっとお尻《しり》見えてますからね⁉

「あれ、てかさ……？」

僕が密《ひそ》かに危機感を募《つの》らせる中、ふとクラスメイトさんの一人が鼻をヒクつかせた。

「なんか、変な臭《にお》いしねぇ？」

「そういえば……？」

「なんつーか、獣臭《くさ》い？　的な？」

「あー、確かに洗ってない犬の臭いとかに似てるかもー」

口々にそんなことを言うクラスメイトの皆さんに倣《なら》って、僕も鼻に意識を集中させる。

すると……確かに。確かにするね、獣臭《しゅう》。

そして僕、原因に滅茶苦茶《めちゃくちゃ》心当たりあるね！

あのイタチさん、普通に獣臭いの⁉　マスコット的な存在なのに⁉　そこはもう、なんかフワッとしたいい匂《にお》いがする感じでよくないですかねぇ……⁉

くっ、臭いは流石に……いや、どうにか誤魔化しきってみせよう……！

「チュウ……呪《のろ》いのせいで獣臭くなってしまったでチュウ……本来は、マスコットらしくお花の香《かお》りがしているはずでチュウのに……」

「おいおいマホオタ、今はモノマネよりこの臭いの正体を……」

「いや、待て！」

「ま、まさかマホオタお前……！」

僕の意図を察してくれたらしいクラスメイトさんたちが、ハッと息を呑《の》む。

「この獣臭さ……これも、モノマネの一環《いっかん》だって言うのかよ⁉」

「これは、最早《もはや》4DX！　こいつ、モノマネに4DXの概念《がいねん》を持ち込みやがった！」

「ここまで来たら、認めるよ！　マホマホには可愛い声で獣臭いマスコットがいるよ！」

まさしく、僕が望んだ通りのリアクションを取ってくださる皆さん。

……うん、というか望み通り過ぎて逆になんだか怖《こわ》くなってきた。皆さん、流石にノリ良すぎません？　なんかこれ、ドッキリだったりしませんよね……？

などという不安を抱《かか》えつつ、庄川さんの方にチラリと目をやると。

「あの、チュウはそんなこと言わない……」

そんな抗議《こうぎ》いらないんで、早く行っていただけませんかねぇ⁉　僕もこれ以上は間が持てませんし、何よりイタチさんの膀胱《ぼうこう》のピンチは未《いま》だ絶賛継続《けいぞく》中でしょう⁉

そんな、僕の祈《いの》りが通じたのか。ふと我《われ》に返ったような表情となった庄川さんは、鞄を抱えて席を立った。そして、そのままひっそりと教室を出て行く。鞄から不自然に液体が漏れ出しているなんてこともなく……どうやら、間に合いそうで何よりだ。

「なかなかいいネタ持ってんじゃん、平地クン」

内心でホッとする僕の肩《かた》を叩《たた》いたのは、なんと空橋くんだった。

お、おぅ……クラスメイトの大半は僕の本名なんて覚えてないと思うんだけど、まさか空橋くんに認識《にんしき》されていたとは。天上人の方々は、その溢《あふ》れんばかりの優《やさ》しさを下々の者にまで配れるほどの余裕《よゆう》がおありということか。

「でもま、臭い残すのもちょっとな。これ、使いなよ」

僕の耳元で囁《ささや》き、空橋くんがそっと手渡《てわた》してくれたのは……携帯《けいたい》用のファブ○ーズだった。一瞬いじめの一種かとも思ったけど、空橋くんの笑顔《えがお》が宿しているのは爽《さわ》やかさのみ。たぶん純粋《じゅんすい》な善意からの行動なんだろう。

「……ありがとうございます」

それを無下にするのも気が引けて、素直《すなお》にファ○リーズを受け取る。

その後僕も教室を出てお手洗いに向かい、無意味に自分の制服をファブった。

庄川さんが席を外した隙《すき》にでも、そっと庄川さんの鞄もファブっておこうと思う。

◆　◆　◆

それは例えば、また別の日の休み時間のこと。

「そーいやさー、昨日マホマホ戦ってたじゃん？」

「あ、ウチすぐ近くにいたから生マホマホ見たよー」

僕は、机に突っ伏した体勢でクラスの女子たちの会話を聞くともなしに聞いていた。

「マジかー、いいなー」

「やっぱ生マホマホ、可愛《かわい》かったよー」

マホマホは、女子にも絶大な人気を誇《ほこ》っている。アイドルみたいなもので、同世代の女の子が活躍《かつやく》している姿に対する憧《あこが》れみたいなものがあるのかな？

「まー、でさ。アタシ、前々から一個不思議に思ってることがあんだよね。例えば、マホマホの髪飾《かみかざ》りね？　あの、ハート型の。あれ、昨日割られたじゃん？」

「あー、カニ型怪人《かいじん》エビゾーサンの脳天チョップで！　割れてたね！」

「まぁ、髪飾りに限ったことでもないんだけどさ。ちょいちょい、服も破れてんじゃんね？　でも、次に来た時には直ってんじゃん？　あれ、どうなってんだろうな？　って」

「確かにー」

ほうほう、なかなかに鋭《するど》い視点。実はそれについては、僕も地味に気になっていた点なんだ。ちなみに僕の仮説では、変身の際に流れる魔法的なパゥワーが修復を……。

「あ、あ、それはね……マスコット妖精《ようせい》のチュウが夜な夜な直してくれてるんだよ……」

『へぇ～、そうなんだ～』

へぇ～、そうなんだ～。

女子二人の声と、僕の心の中の声が重なった。

そんな風になっていたとは。マスコット妖精っていうのは、あのイタチさんか。やっぱり、ただ喋《しゃべ》るだけの獣《けもの》ってわけじゃなかったんだな。

…………って。

……………………。

「っ⁉」

僕は、思わず勢いよく顔を上げてしまった。

重度のマホマホオタクを自負する僕ですら知らない情報を知っている人となると……！

「えへへ……そ、そうなんだよ……」

もちろん庄川さん、貴女《あなた》ですよねー！

「でもさ、えっと……チョーウンさん？ なんでそんなこと知ってんの？」

そして、ですよね！ 当然そういうツッコミ入りますよね！

「てか、マスコット妖精？ ってのがいるなんてアタシ、聞いたことないんだけど？」

しかも誰かと思えば、そのギャルギャルしい見た目に似合わず僕と双璧《そうへき》をなすレベルのマホマホオタクであると（僕の中で）言われている里崎翔子《さとざきしょうこ》さんか……！ どうりで、さっきから視点がシャープなわけだ……！

「あっ……」

しまった、という表情になる庄川さん。

「あ、あ、それは、その……」

里崎さんに見つめられて、露骨《ろこつ》に怪《あや》しさ満点な感じで目を泳がせる。

この態度……自ら掘《ほ》った墓穴《ぼけつ》に全力で飛び込んどいて、這《は》い上がる手段を用意していないことは明白……！　くっ……やっぱり、ここは僕がいくしかないか……！

「あ、あー！　なんと、聞かれてしまっていましたかー！　僕が考えた、マホマホにマスコット的存在がいるって設定！　これは参ったなー！　とっても恥ずかしいなー！」

とりあえず大声で、独り言風に叫《さけ》ぶ。

「えっ、えっ……？」

「あぁ……なんだぁ、こないだのヒラチのあれか」

戸惑《とまど》った様子の庄川さんと、途端《とたん》につまらなそうに顔をしかめる里崎さん。

「聞かれちゃったも何も、あんな大声で叫んだら誰にでも聞こえるっての」

幸い、先日僕が披露《ひろう》したモノマネは皆さんの記憶《きおく》に新しいことだろう。まさか、あれが伏線《ふくせん》として機能するとは……世の中、何がどう繋《つな》がってくるかわからないもんだね……。

「てか、ヒラチが言ったらホントっぽく聞こえるのはしゃーないかもしんないけどさ。あんまなんでもかんでも信じるもんじゃないよ？　チョーウンさん」

と、里崎さんはポンと庄川さんの肩を叩いた。

ところで里崎さん、貴女さっきから庄川さんの名前豪快《ごうかい》に間違《まちが》えていますよ……中国の武将っぽくなっているというか、最早ほぼ原形を留《とど》めてないじゃないですか……。

「え、あ、うん……」

だけどそれを訂正《ていせい》するでもなく、庄川さんは気弱に頷《うなず》くのみ。

「あ、でもね……」

何をおっしゃるつもりですか、庄川さん……?

なんだか僕、あまりいい予感がしないのですが……。

「本当に、マスコット妖精が……」

「いやはや、妄想が過ぎてしまいましたね！　参った参った！　そうですすよね！」

とりあえず、更《さら》なる墓穴を掘られる前にインターセプト！

「マホマホに、イタチに似たマスコット妖精がいるなんてお話など聞いたことが……」

「あ、チユウはイタチじゃなくてフェレットで……」

せっかく引き上げたのに、自ら墓穴の中に戻《もど》っていこうとするのやめてもらえます⁉

「じゃなくてぇ！　フェレットに！　似た！　マスコット妖精がいるなんて聞いたことがありませんものねぇぇぇぇぇぇぇぇぇぇぇ！」

とりあえず大声で誤魔化《ごまか》す作戦で！

おっと、庄川さん満足げな表情ですね！　訂正ありがとうございました！

「声でかいっての、ヒラチ」

片耳に指を突《つ》っ込んで、眉《まゆ》をひそめる里崎さん。

「あ、すみません」

声量を落として、謝罪する。勢いで誤魔化そうとしたのも確かだけど、ぶっちゃけ普段《ふだん》あんまり人と話さないから適切な声の大きさがわからないところもあるんだよね……。

──キーンコーンカーンコーン。

と、そこで休み時間の終了《しゅうりょう》を告げるチャイムが鳴った。

「お。んじゃね、チョーウンさん」

と、手を振《ふ》って里崎さんとその友人は自席へと戻っていく。

「う、うん……」

結局名前が正されることはなく、だけど小さく手を振り返す庄川さんは満足げだった。

わかりますよ、庄川さん……誰《だれ》かと会話出来た時って、それだけでなんだか嬉《うれ》しくなってしまいますよね……それでテンパっちゃう感じも、よくわかりますよ……。

でも、もうちょっと別の話題でテンパって貰《もら》えると僕としては助かりましたね……。

◆　◆　◆

それは例えば、またまた別の日の休み時間のこと。

いつも通り静かに文庫本のページを捲《めく》っていた庄川さんが、突如《とつじょ》ピクリと顔を上げた。

この反応にもそろそろ慣れたもので、僕はそっとスイッターを確認する。果たして予想通り、世界征服《せいふく》推進機構出現に関する情報が書き込まれていた。

慌《あわ》てて立ち上がりながら、庄川さんはポケットをまさぐる。すると、例の縮小版ステッキが出てきて…………って、早くないですか⁉　それ、まだここで出しちゃ駄目《だめ》なやつでしょう⁉　人目に付かないところに行ってから取り出してくださいよ⁉

「あっ……」

――ゴトン。

しかも落としたぁぁぁぁぁぁぁぁぁぁぁぁぁぁぁぁぁぁ⁉

それ大切なものなんですから、もっと丁重に扱《あつか》ってくださいよ⁉

あぁ、周りの目が集まってきて……！

…………。

……ふっふっふっ。

しかし、だがしかし！　庄川さんを観察し続けた結果いつかはこんなことも起こるのではなかろうかと、実は僕も予《あらかじ》め対策を準備していたのだ！

「おぉっと！　手が滑《すべ》りましたぁ！」

僕は素早く自分の鞄《かばん》を引っ摑《つか》み、その中身をぶちまけた。

――ザラララララララ……！

こんな時のために用意していた、大量のダミーステッキを！

「これ……マホマホのステッキ？」

最初に食いついたのは、里崎さんだった。ダミーの一つを手に取り、首をかしげている。

「こんなグッズ、あったっけ……？」

「いえ、僕の手作りなもので……」

僕は愛想《あいそ》笑いと共に頭を搔《か》いた。

「おへ、マジで？」

顔を驚《おどろ》きに染め、しげしげとダミーを眺《なが》める里崎さん。

「へー。こんな特技あんだね、平地クン」

次いで、そんな言葉と共に近づいてきたのは空橋くんだった。

「いえ、特技というほどでは……」

マホマホフィギュア自作に際して受けた通信講座『今日から原型師！』の成果だ。

「いやいや、よく出来てるよ」

「な？」

里崎さんの感心の言葉に、空橋くんも同意の声を上げた。

そう手放しに褒《ほ》められると、少し照れるね……。

「けどさー」

ふと、顔を上げた里崎さんが僕を見た。

「なんで、マホマホのステッキそのまんまじゃなくて縮んだ感じなわけ？」

ぐっ……！　しまった、作るのに夢中でその点についての言い訳を考えてなかった
……！　変身後のマホマホのステッキと形状が異なることなんて、里崎さんでなくとも一《いち》
目瞭然《もくりょうぜん》なのに……！　何か、何か理由を捻《ひね》り出さねば……！

「その……はは。僕、不器用なので。本家と同じようには作れなかったんですよね……」

「いや、これ作れて不器用ってことはないでしょ。全部、寸分違《すんぶんたが》わず同じに見えるし」

空橋くんが、いくつかのダミーを見比べてそんな風に漏《も》らす。

「あー……僕、不器用なので。何度作っても、寸分違わずその形になっちゃうんですよ」

『器用に不器用だな!?』

里崎さんと空橋くんの声が重なった。少々僕に特殊《とくしゅ》な設定が追加されてしまったような気はするけれど……でも、僕に注目が集まるこの展開は好都合。

さぁ庄川さん、今のうちにサクッと本物を拾って変身しに行ってください！

……って、庄川さん？　あの、なぜ床《ゆか》を見てオロオロしているのですか……？　なぜ、ダミーを手に取っては首をかしげているのですか……？

……ま、まさか。

まさか、とは思いますが……。

本物、見分けられないんですか……⁉

嘘《うそ》でしょ⁉　なんか魔法の力的な何やらで繋がってるとかないんですか⁉　というかこれ、実はダミーは本物より持ち手の飾《かざ》り線を一本少なくしているんですよ⁉　慣れ親しんだ道具なんですから気付いてくださいよ⁉　本物は僕の足元！　これですよ！

って、泣きそうな顔にならないでもらえます⁉

「あ、あー……散らかしてしまってすみません……はは……」

僕はダミーを拾うふりをしながら屈《かが》んで、そっと本物を庄川さんの方へと転がし……って、危なぁ⁉　ちょ、庄川さん⁉　もうちょっとしゃがみ方に気をつけてもらえます⁉

今僕、完全にパンツ見ちゃうところでしたよ⁉　そんなところまで無防備なんですか⁉

くっ……どうにか、足で転がして……よし、庄川さんの爪先《つまさき》に当たった。庄川さんがそれを手に取って……ふぅ、一時はどうなることかと思ったけど、無事本物が庄川さんの元に…………って、庄川さん？　なぜ引き続き首をかしげたままなのですか……？

よもや……よもや。

手に取って尚《なお》、本物かどうかの見分けがつかないとでもおっしゃるおつもりですか⁉

まじまじと見つめなくても、それが本物ですよ！　いや、もっかい床に置こうとしないでください⁉　……っと、どうにか思いとどまってくれましたか……あっ、表情を改めて……いや、そんな「一か八か！」みたいな顔しなくてもそれが本物ですって！

しっかり握《にぎ》りしめて？　教室の扉《とびら》の方を向き？

よし、本物を持ったまま行ったぁ！

…………はぁ。

せっかく準備してたっていうのに、思ってたより十倍は気を揉《も》んだな……。

◆　◆　◆

……といった状況《じようきよう》を目の当《ま》たりにするにつれ、僕の中に一つの疑念が浮《う》かんできた。

もしかして……そもそも、庄川さんに正体を隠《かく》す気などないのでは……？　と。

例えば、だけど。仮に僕が例のペナルティを課されたところで、本気でそれを回避《かいひ》しようとするかといえば答えはノーだ。なにせ、ペナルティがあろうとなかろうと僕に恋人《こいびと》なんて出来ないに決まってるんだから。僕と違って、庄川さんの場合はその可憐《かれん》さがちゃんと知られれば引く手数多《あまた》なのは間違いない。けど、価値観なんて人それぞれだ。もし庄川さんが恋愛《れんあい》に全く価値を見出《みいだ》してなかったとすれば、僕と同じ結論に至る可能性もある。

とはいえ、十代も半ばでこの先十年以上に渡《わた》っての恋愛全《すべ》てを切り捨てるだなんてちょっと決断が早すぎると思うんだけど……なんて考えながら歩いていた学校からの帰路。

「真帆、ちゃんと気をつけないといけないでチュウよ？」

曲がり角の向こうから聞き覚えのある声が聞こえて、僕は咄嗟《とっさ》に身を隠した。

「うん、わかってるよ」

そっと顔を覗《のぞ》かせてみれば、鞄を胸に抱《かか》えて歩く庄川さんの後ろ姿が視界に入る。

「わかってないでチュウ！　変身ステッキを人前で落とすとか、油断しすぎでチュウ！」

「う……ごめん……」

イタチ……じゃなくて、フェレットさん。貴方《あなた》のその言葉自体には心より同意する所存なのですが……だったら、今この瞬間《しゅんかん》にも油断せずにいていただけますかねぇ……！　いくら人通りの少ない道といっても、今まさに僕がここにいるように誰に聞かれるとも限らないんですから……！　……あぁでも、そんなこと言っても庄川さんは……。

「三十歳まで彼氏が出来なくなっちゃってもいいんでチュウか⁉」

「うーん……まぁ、困る……かなぁ……？」

やっぱり、響《ひび》いてない感が凄《すご》い……！

「あと、もう二度とマホマホにも変身出来なくなっちゃうのでチュウよ！」

へー、そんなペナルティも…………って、そっちついでのように言っちゃいます⁉

いや、あの、この街にとってマホマホの存在というのは非常に重要なものでしてですね

……それは、もちろん僕にとってもそうで。今でも鮮明《せんめい》に思い出せる、世界征服推進機構が初めてこの街に現れた一年前のあの日。当時そのアレさを知らなかった人々は、本気で逃《に》げ惑《まど》っていた。僕はそんな人波に飲まれていて、押されて道路に弾《はじ》き出されてしまって。勢い良く突《つ》っ込んでくる自動車を目にしても身体《からだ》が竦《すく》んで動けない僕を……空から現れたマホマホが、颯爽《さっそう》と助け出してくれたんだ。彼女が僕に向けてくれた微笑《ほほえ》みは、どこか幼く可愛《かわい》らしいものでありながら全てを任せて大丈夫《だいじょうぶ》だと思えるような力強さも宿していて。それから敵に向けた表情は、凛々《りり》しくも美しく。その可憐で、美麗《びれい》で、高潔な姿に……一目で心を奪《うば》われた。それはもう僕の妄想《もうそう》がそのまま具現化したんじゃないかってくらいに、僕の思い描《えが》く『主人公』であり『ヒロイン』の姿だったから。あの時以来この街でも有数

のマホマホオタクとなった僕は……って、僕の思い出についてはどうでもいいな。

「うん……わかってる」

今度は、庄川さんの返事にも強い意志が感じられた。

……うん、というか。じゃあ貴女《あなた》、やっぱりバレるのはマズいって認識《にんしき》した上でのあの行動の数々だったんですか……⁉ ちょっとうっかりが過ぎるんじゃないですかねぇ……！ というか、うっかりってレベルを大きく逸脱《いつだつ》してると思うんですけど……！

という現状を改めて認識し、僕は一つの決意を胸に秘めるに至ったのだった。

すなわち。

庄川さんの秘密は、僕が守らねば……！ と。

そのためならば、あらゆる犠牲をも厭わない覚悟だ。

どんな場面だろうと、その正体を守るべく彼女を助ける存在に……そう、言うなれば。

僕は、庄川さんにとっての『お助けキャラ』となるのだ！

第3章　関係交錯《こうさく》の黎明《れいめい》は

さて、庄川さんの秘密を守ろうと決意したのはいいんだけども。

そのためには、出来る限り常に庄川さんの姿を視界に入れておきたい。けど、陰《かげ》からこっそりと……っていうのにも限界がある。流石《さすが》に、そういつもいつも庄川さんに気付かれないような死角があるとも限らな……いやまぁ、精神的死角が爬虫類《はちゅうるい》並に大きい庄川さん本人に限って言えば、あるいは問題ない可能性もあるけども。やっぱり、遠くからじゃ如何《いかん》とも難《がた》い場面はあるだろうし。何より、庄川さんをこっそり見守っている現場を第三者に見られようものなら外聞が悪いってレベルじゃない。

となると、自然に庄川さんの隣《となり》にいられるようなポジションに納まるのがベスト。

すなわち……庄川さんと、お友達になる必要があるということに他《ほか》ならない！

「あの、庄川さん」

というわけでとある休み時間、僕は本を読んでいる庄川さんに対して呼びかけた。

「えっ……？」

一瞬ビクッと肩《かた》を震《ふる》わせた庄川さんは、恐《おそ》る恐るといった様子でこちらに目を向ける。

「な、なに……？」

「はい、えーと……」

言葉を続けようとして、僕は今更《いまさら》ながらに気付いた。

話しかけたはいいものの、何の話題も用意してなかった……！

ま、まぁ、何気ない雑談くらい流れでなんとかなるでしょ……。

「その……きょ、今日はいい天気ですね！」

「そ、そう……かなぁ……？」

僕越《ご》しに窓の方へと目を向け、首をかしげる庄川さん。

僕もチラリと振《ふ》り返ると、今にも雨が降り出しそうな微妙《びみょう》な空模様が目に入った。

「はは……」

とりあえず愛想《あいそ》笑いで誤魔化《ごまか》す。

「…………」

「…………」

その後、僕たちの間に訪《おとず》れたのは沈黙《ちんもく》だった。

お、おかしいな……ちょっとした雑談から会話が弾《はず》んでいくはずだったんだけど……。

…………。

……なんてことだろう。僕は、大切なことを忘れていた。

そう……何を隠そうこの僕は、どこに出しても恥《は》ずかしくない……いやむしろ、どこに出そうと恥ずかしいコミュ障！　なんと一人たりとも友達がいないという、いわば穢《けが》れなき純白のぼっちなのだ！　会話スキルも磨《みが》かれておらず、ゆえに人と話す時は全部敬語！

そんな僕が何の備えも無しに軽快なトークをかまそうだなんて、あまりにインポッシブルなミッションなのである！　むしろ、何気ない会話とか一番苦手なやつだった！

更に言えば僕は、庄川さんとは（庄川さん相手に限ったことでもないけど）ほとんど会話を交《か》わしたことさえないという！　最近心の中では頻繁《ひんぱん》に話しかけてたから、割と気さくに会話出来てたと勘違《かんちが》いしちゃってた感があったな……！

「あ、あの……私、トイレっ」

内心で猛省《もうせい》する僕に対して、庄川さんは早口にそう言うとサッと身を翻《ひるがえ》して教室を出て行ってしまった。スイッターを確認しても世界征服《せいふく》推進機構の出現情報は見当たらないから、自ら話しかけておきながらだんまりを決め込む怪《あや》しげな男から逃げるためであることは明白。女性を怯《おび》えさせてしまうとは……まったく、とんだ失態だ。これは、流石に考え無しが過ぎたと言わざるをえない。次は、入念に準備してからいかねば。

となると……ふふ。ついに、僕の力を見せる時が来たようだ。

スマートフォンでブラウザを立ち上げ、検索《けんさく》サイトにアクセス。そして……！

「友達、作り方……っと」

そう入力して、検索ボタンをタッチ！

これが……！　これこそが、僕の……ネットの力だ！

ほほう……？　なるほど、ストレートに「友達になってください」と言う……か。まぁ定番だけど、ちょっと硬《かた》すぎないかな……？　「友達としてお付き合いしてください」？　いやいや、もっと硬くなっちゃったよ。大体、これじゃあ変に誤解される可能性がありそうだよね。「友達として」の部分が聞こえなくって、愛の告白として取られちゃうとか……うわぁ、ラブコメなんかで超《ちょう》ありそう。まぁ現実でそんなこと起こるわけないっていうか、言うのが僕な時点でそんな勘違いはありえないけど……っと、思考が逸《そ》れた。えーと……もっと気軽にというかさりげなく始められるのは、と……。

◆　◆　◆

密《ひそ》かに授業中もネットの海にダイブしていた僕は、満を持して次の休み時間を迎《むか》えた。

「あの、庄川さん……フヒッ」

何を措《お》いても、まずは笑顔。

Ｇｏ◯ｇｌｅ先生の教えに従い、笑顔を携《たずさ》え庄川さんに話しかける。

「ひっ……」

ひっ？

鞄《かばん》から本を取り出した体勢で、庄川さんは怯えたような表情で固まってしまった。笑顔は人の心を開いてくれる……はずなんだけど、むしろより固く閉ざされた気配すら感じる。

だけど、ここで諦《あきら》めるわけにはいかない！

「庄川さんは、どんな食べ物がお好きなんですか？」

仲良くなるためには、質問から！　相手のことを知ると共に、相手に「自分に興味を持ってくれている」と思わせる上級テクニックである！

「え？　あの…………えっと、明石《あかし》焼き……とか……？」

戸惑《とまど》い気味に視線を彷徨《さまよ》わせながら、庄川さんは消え入りそうなほどの小さな声でそう返してくれた。やった、会話のキャッチボール成立だ！

「そうなんですね」

「うん……」

「…………」

「…………」

そして、キャッチボール終了《しゅうりょう》！　変わったのだ！　主に、ネッ

し、しかし！　今の僕は、先程《さきほど》までの僕とは違うのだ！　変わったのだ！　主に、ネットの力によって！　ネットで見つけた無難な質問集よ……！　僕に力を分けてくれ！

「その、庄川さんはどんな音楽を聴《き》かれるんですか？」

「音楽は……あんまり聴かない、かも……」

「そ、そうなんですね……」

「うん……」

まぁ僕も、ここのん（僕の好きな声優である市原九重《いちはらここのえ》ちゃんの愛称《あいしょう》）が歌うアニメのキャラソンくらいしか聴かないんだけど。

「では、好きな芸能人などは？」

「テレビも、ほとんど見なくて……」

「そうですか……」

「うん……」

まぁ僕も、アニメとマホマホ関連のニュースくらいしか見ないんだけど。

「ご、ご趣味《しゅみ》は？」

「えと、読書……かな……うん……」

はい、見ればわかることでしたね。

「………………」

「………………」

またも重い沈黙……！　くっ、早く他の質問を…………いや、ちょっと待って？

僕がネットから得た情報は、『質問する』だけじゃなかったはず。他にも……そう！

褒《ほ》める！

人間、褒められて悪い気はしない！　とにかく相手を褒めるんだ！　特に女性はその日の服装などを褒められると喜ぶものだと、僕は（ネットで見て）知っているのだ！

「ところで庄川さん！　今日の服、とってもよくお似合いですね！」

「えっ……？　普通《ふつう》の制服、だけど……」

そうだった！　今日の服もなにも、僕らずっと制服だった！

着崩《きくず》すでもなくキッチリ着こなした制服が庄川さんの真面目《まじめ》な雰囲気《ふんいき》とマッチしているのは事実だけども、これじゃ庄川さんも褒められている気にはならないだろう……！

ならば……！

「その眼鏡《めがね》も、お洒落《しゃれ》で素敵《すてき》です！」

「そ、そうかな……？　だいぶ野暮《やぼ》ったいと思うんだけど……」

否定出来ない！　むしろ、これは嫌味《いやみ》と取られてしまったか……⁉

こうなれば……直球勝負だ！

「にしても庄川さんのお顔はホント可憐《かれん》ですね！　僕、常に魅了《みりょう》されっぱなしです！」

これは、偽《いつわ》らざる本心である。

なにせ庄川さんは、僕の愛してやまないマホマホと全く同じお顔立ちなんだから。

「ふぇっ⁉」

だけど庄川さんは顔を真っ赤にして、本で顔を隠《かく》すように俯《うつむ》いてしまった。

……おや。これは、アレかな？　もしかして、やらかしてしまった系かな？

そういえば、女性に対して「可愛《かわい》い」って言うのも場合によってはセクハラに当たると聞いたことがある。ましてや、空橋くん辺りならともかくこちとらほとんど会話を交わしたこともないキモオタ。顔を真っ赤にするほど怒《おこ》ってしまうのも無理からぬことと言える。

というか。僕は今更ながらに、ちょっとやり方が迂遠《うえん》すぎたんじゃないかと反省し始めていた。気軽にとかさりげなくとか、そういうのは友達作りのスキルツリーがある程度伸《の》びている人じゃないと活用出来ないんじゃなかろうか。僕みたいなビギナーは、最初にハッキリと目的を告げるべきだったのかもしれない。でなきゃ、変な下心でもあるんじゃないかと誤解されてしまいかねないからね。そう、まさに今のように！

とにかく……まずは非礼を詫《わ》びて、それから改めて友達になって欲しい旨《むね》を……。

「あの、庄川さ……」

「ごめんなさい！」

謝ろうとしたところ、なぜか逆に謝られるという事態が発生。

「私、トイレ！」

勢い良く立ち上がった庄川さんは、教室の出入り口の方へと駆《か》けていく。

あぁ庄川さん、本で顔を隠したまま走っては危ないですよ……！　……って。

「きゃっ⁉」

「うおっ⁉」

案の定というか、庄川さんは教室を出たところでちょうど通りがかった女子にぶつかってしまった。差し当たり、お互《たが》いに怪我《けが》はなさそうだけど……。

「あ、ごめんなさ……」

「おっ。なんだ、尿川《にょうかわ》じゃん」

額を押さえて謝りかけた庄川さんに、そんな揶揄《やゆ》する調子の声が降り注いだ。

庄川さんが、ビクッと身体《からだ》を震わせる。

「誰《だれ》？」

ぶつかられた女子の隣《となり》で、その友人さんらしき女子が首をかしげている。

「この子、去年ウチのクラスに転校してきた庄川っていうんだけどさぁ」

なるほど、庄川さんの旧クラスメイトさんか……。

「めっちゃトイレ行くの。そんで付いたあだ名が、尿川」

旧クラスメイトさんは、庄川さんを指差して嗜虐《しぎやく》的な笑《え》みを浮《う》かべる。

「なにそれ～」

旧クラスメイトさんの友人女子さんも、プッと笑った。

「尿川、またトイレかよ？」

「う、うん……」

怯えた様子で、僅《わず》かに顎《あご》を引く程度に頷《うなず》く庄川さん。

その、姿を見て。

「ブッハハ！　ホントにそうだったのかよ！」

「ぷっ、はは」

その、嘲笑《ちようしよう》を聞いて。

カッと頭に血が上ったのを自覚する。

「もういっそ、一回漏《も》らしちゃった方が伝説に……」

「なんということをおっしゃるのですか！」

そして僕は、気付けばそんなことを叫《さけ》びながら彼女たちに歩み寄っていた。

「な、なんだよ……てか、誰……？」

旧クラスメイトさんが、ギョッとした目を向けてくる。

「貴女《あなた》は、庄川さんがどんな気持ちでお手洗いに行っていると思っているのですか!?」

構わず僕は叫んだ。言ってやろうと思ったんだ。

庄川さんは皆《みんな》を守るため、恥《はじ》を忍《しの》んでお手洗いに行っているのだと！

「どんな気持ちって……どんな気持ちなんだよ……？」

「それは……っ!?」

だけどそこで、僕の中にいる比《ひ》較的《かくてき》冷静な僕が待ったをかけた。

あ、危ない……勢いに任せて、庄川さんの秘密を口走ってしまうところだった……。

「なんだってんだ……？」

急に黙《だま》り込んだ僕に、旧クラスメイトさんは不審《ふしん》げな様子となってきている。

「庄川さんは、その……」

くっ、どうにか誤魔化《ごまか》さねば……！

「こう、思っていらっしゃるのです……」

えーとえーと……！

「そう！　おしっこに行きたいな、と！」

「まんまじゃねぇか⁉　合ってたよ完璧《かんぺき》に！」

思いついたまま口に出した僕の言葉に、旧クラスメイトさんは驚愕《きょうがく》の表情に。

えーい……！　こうなれば、勢いで誤魔化してしまおう！

「しかし、それの何が悪いというのですか⁉　生物として自然な生理現象でしょう！　おしっこは、体内の老廃物《ろうはいぶつ》を排出《はいしゅつ》するという大切な役割を負っているのです！　稀尿《きにょう》は体調不良の要因となるのですよ！　おしっこのおかげで僕らの体内は綺麗《きれい》に保たれているのです！　おしっこ大切！　おしっこは友達！　誰だっておしっこはするのです！　僕だってする！　貴女だってする！　そうでしょう！　それとも貴女方はおしっこをしないというのですか⁉　体内で余すことなく全《すべ》てを循環《じゅんかん》させることが出来る完全生命体だとでも言うのですか⁉　ノーライフノー尿なんですか⁉　何とか言ったらどうなんです！」

「いや、ノーライフノー尿じゃ『人生無しに尿はない』って意味に……」

「黙らっしゃい！」

「そっちが何か言えって言ったのに⁉」

「そもそも尿意というものは尿が溜《た》まることで膀胱《ぼうこう》が伸び広げられ、それが大脳皮質にある感覚野に伝達されることで生じるものであり……」

「ね、ねぇ。もう行こうよ」

「お、おう……」

僕自身だいぶ何を言っているのかわからなくなってきたところで、友人女子さんに促《うなが》されて旧クラスメイトさんは立ち去っていった。警戒《けいかい》するようにこちらをチラチラと窺《うかが》ってくるけれど、もちろん追いかけたりはしない。目的は既《すで》に達せられたのだ。何が目的だったか、途中《とちゅう》からよくわからなくなっていた感もあったけど。

僕はふぅふぅと荒《あら》くなった息を整え、教室の方へと向き直った。

「どうも、お騒《さわ》がせしました」

そう言って、ペコリと頭を下げる。突如《とつじょ》発生して収束した騒ぎにポカンとする人が大半の中、空橋くんと里崎さんがニッと笑って親指を立ててくれた。

なんだかそれだけで報《むく》われた気がして、僕は小さく笑みを返す。

「あの……」

と、僕の袖《そで》が後ろから小さく引かれた。

振《ふ》り返ると、顔を俯けた庄川さんのつむじが視界に入ってくる。

「あ、ありがとう……」

消え入るような小さな声と共に、庄川さんが頭を上下させた。

「その、ね……私、誤解してたかもしれない……平地くんのこと」

続けて、そんなことを言い出す。

「なんだか、急に叫んだり変なことしたりで……怖《こわ》い人なのかな、って思ってたの……」

はは、それらは全部貴女のためなんですけどね……なんて、口が裂《さ》けても言わない。

己《おのれ》の行動理由を人に押し付けるなんて、格好《かっこ》悪いにもほどがあるからね。

「あと、さっきも避《さ》けちゃって……ごめんなさい」

もう一度、さっきより少しだけ大きく、庄川さんの頭が上下した。

「いえ、そんな……」

「でもね」

変わらずの、弱々しくか細い声で僕の言葉を遮《さえぎ》って。

「私に、あんまり関《かか》わらないで」

一瞬《いっしゅん》だけ、僕と目を合わせて。

「ごめんね」

庄川さんは廊下《ろうか》を駆けていく。

疑いようのないほどに明確な、拒絶《きょぜつ》の言葉。

なのに……どうしてだろう。
彼女の声が、目が。
とても寂《さみ》しげな色を帯びていたように思えたのは。
十中八九……いや九分九厘《くぶくりん》、僕の気のせいだと思う。あるいは、願望交じりの妄想《もうそう》。
それでも……それでも、もし僕の思い違《ちが》いでなかったのなら。
そんな風に考えた途端《とたん》、僕の足は気が付けば庄川さんを追いかけて走り出していた。

◆　◆　◆

空橋悠一

いや、うん、なんというか。
正直なところ、今の平地クンにはかなりやられてしまった感があった。
同時に、胸の奥がジクリと痛む。
中学生の頃《ころ》、好きな子がいた。彼女が、イジメられた。俺は、何も出来なかった。
何も出来ないまま、彼女は転校していった。
ただ、それだけ。どこにでも転がっているような、よくある話だ。それでもそれは、今の俺を形作る原体験で。それ以来俺は自分を磨《みが》き、クラスの中心にいられるよう明るく振る舞《ま》って、せめて自分のクラス内では同じことが起こらないよう気を配り続けた。それは今のところ、順調に成功していると言えるだろう。

さっきだって、俺は動こうと思った。けど……咄嗟《とっさ》に、躊躇《ちゅうちょ》してしまった。

何て言えばいい？　俺が肩《かた》入れしていい話なのか？　クラスのバランスを壊《こわ》したりしないか？　色んな考えが頭を駆け抜《ぬ》けて、身体が硬直《こうちょく》してしまった。

そして、その頃にはもう彼が声を上げていた。

たぶん、何て言えばいいのかなんて考えずに動いたんだろう。結局何を言いたいのかわからない、擁護《ようご》になっているのかもわからない展開だった。それでも彼は間違いなく、庄川さんを救った……なんていうと、少し大げさな言い方かもしれないけれど。

その姿を見た時に、俺は直感した。

今の俺が、間違っているとは思わない。俺の目指す所を実現するには、このポジションがベストだと言えるだろう。我《われ》ながら、よくやれているとも思う。

嗚呼《ああ》、それでも。

かつて俺がなりたかったのは、『あれ』だったんだなと。

気付かされた。

今更《いまさら》俺自身がそこを目指そうとは思わないし、目指せるとも思えない。

それでも……もし、叶《かな》うならば。

昔の俺が理想とした姿を体現する彼の、力になることは出来ないだろうか。

表面上はいつも通りの笑顔で親指を立てながら、そんなことを思った。

◆　◆　◆

里崎翔子

まー、今のはヒラチにしてはグッジョブってやつ？

えーっと……あ、そう、チョーウンさん？　が、去年どんなだったかは知んないけどさ。ありゃ胸糞《むなくそ》悪いもんね。ヒラチにも男らしいとこあんじゃん、と認めてやらないでもない。

そんな気持ちを込めて、親指を立ててやる。ふと横を見れば、ソラハシもアタシと同じポーズを取っていた。ハッ、流石《さすが》はイケメンさん。イケメンな行動には素直《すなお》に賛辞を送るって感じ？　……なんて、鼻で笑いかけて。

ソラハシがヒラチを見つめる目に妙《みょう》な光が宿っているような気がして……アタシは、それをジッと見た。アタシに見られてることになんて気付きもしない様子で、ソラハシの視線はヒラチに釘付《くぎづ》けだ。少なくとも、クラスメイトの行動にちょっと感心したって感じゃないように思う。もっと重い気持ちのような……これは……まさか……。

恋《こい》？

ソラハシ、ヒラチを相手に恋に落ちた？

まさかのソラ×ヒラ？　クラス一のイケメンと、ダッさいモブの禁断の恋……か。

アリだな。むしろ好物だ……ぐへへへ。

………………いやいや。現実に、そんなことありえないから。てか、気をつけないと……今アタシ、表情緩《ゆる》んでなかった……？　妄想垂れ流して周りにアタシの趣味《しゅみ》がバレるとか、洒落《しゃれ》になんないからね……ボーイズがラブしてるのが好きだなんてことがバレた日にはアタシの築き上げてきたイメージが全部台無しになっちゃうよ……趣味を全開にしすぎたせいでオタ友にすら引かれてぼっちだった中学時代を反省して、せっかく高校デビュー果たしたんだからさ……！　アタシは流行の最先端《さいせんたん》を追うイマドキ女子……アタシは硬《こう》派《は》なイマドキ女子……！

◆　◆　◆

庄川真帆

結局、何が言いたかったのかはよくわからなかったけど……平地くんが、私のために憤《いきどお》ってくれたのだけは確かだと思う。

だけど私がよくおトイレに行くのは紛《まぎ》れもない事実で、それはからかわれても仕方がないことので。むしろこの立ち位置は、私にとっては都合がいいとさえ思ってる。

魔光少女《まこう》になった時から、私は極力人と関わらないよう心がけてるんだから。魔法の力で、正体を知らない人には全くの別人に見えるはずだけど……念には念を入れないと。

だから、助けなんていらなくて……むしろ邪魔《じゃま》なだけ。

私は、一人でいなくちゃいけなくて……一人で、大丈夫《だいじょうぶ》なんだから。

平地くんが庇《かば》ってくれた時は、ちょっとドキドキしちゃったけど……だって、平地くんにあんなイメージなかったし。だけど、そんな平地くんですら心配しちゃうレベルだったってことなのかな……？　普段《ふだん》からもっと強気に振る舞うようにしてれば、何かあった時でも大丈夫だろうって思ってもらえるのかも。例えばさっきだって絡《から》まれたのがもし里崎さんだったら、きっと平地くんも心配なんてしなかっただろうし。

ちょっと、意識してみようかな……里崎さんみたいになるのは無理だとしても、明るく元気な感じで……庄川真帆です！　とっても元気です！　よろしくお願いします！　みたいな……返事も気持ちよく、いつも「はい！」って……。

「庄川さん！」

はい？

◆　◆　◆

平地護常

庄川さんに追いついたのは、人気《ひとけ》のない渡《わた》り廊下。

大声で呼びかけると、庄川さんは立ち止まって振り返ってくれた。

……のは、いいんだけど。

ヤバい、追いついた後のこと何も考えてなかった！　何を言えばいいんだろ⁉

僕は何度同じ過《あやま》ちを繰《く》り返せば気が済むというのか……！　……えーい、ある意味ちょうどいいや！　ここで、友達になって欲しいって言ってしまおう！　拒絶されたばっかりでどんだけ空気読めてないんだって話だけど、さっきの拒絶が僕に下心あってのことだと思われたからだとすれば誤解は早めに解いておきたいし！　庄川さんから感じられた孤独《こどく》感みたいなものがもし本物だったならワンチャンあるはず！　僕の目的も達せられ庄川さんの孤独感も満たされてウィンウィンの関係に……その可能性に賭《か》けよう！

「僕と！」

えーとえーと……だけど、何て言うんだっけ……!?

さっき調べた結果を思い出せ……！　えっとえっと……確か、友達として……！

「お付き合いしてください！」

……あれ？　何か間違えたかな？

「……あ、はい」

いや、でも庄川さんからオーケイ貰《もら》えたし結果オーライだよね！

◆　◆　◆

庄川真帆

……？

？？？

え、あの、なに？

えっと……目の前にいるのは、平地くん……だよ、ね……？

ついさっき、私が拒絶してしまった人。

……なのに。

今……なんて？

お付き合いしてください？

それって……これって……あの……まさか……。

こ、こ、ここここここ、告白⁉

いや、そんな、私なんかに、まさか、でも、今、確かに……ど、どどどどうしよう⁉

あ、えと、とりあえずは返事しないとだよね⁉

でも、なんて言えばいいの⁉　えとえと、私たち、お互《たが》いのことをよく知らないわけだし……！　こういう時は……⁉　お願い教えて、私の中の（少女漫画《まんが》で培《つちか》った）知識！

えーっと……！　そう！　まずはお友達から始めましょう！　これだよ！

「いやぁ、受け入れていただいてありがとうございます」

……って、平地くんどうして満足げな表情なの……？　告白するだけで気が済んだパタ

ーン……？　あの、でも、せめて私の返事は聞いて欲し……。

……ん？　受け入れていただいてありがとうございます？

なんか、それじゃまるで……。

「これからよろしくお願いしますね、庄川さん！」

ちょ、どうしてこのまま去って行こうとするの⁉　何がよろしくなの⁉

「それでは！」

……あ、行っちゃった……駄目《だめ》だな私、いっつも言いたいこと言えないで……。

……でも、ホントどういうことなんだろう……？

冷静に、さっきの場面を振《ふ》り返ってみよう。もしかしたら、告白されたって認識《にんしき》自体私の勘違《かんちが》いかもしれないし。そしたら私、とっても恥《は》ずかしい子になっちゃうからね。

えーと、平地くんを拒絶《きょぜつ》しちゃって……なのに、平地くんは追いかけてきて……。

それから、平地くんが……。

――僕と！　お付き合いしてください！

――あ、はい。

うん、確かに言ってた。絶対、「お付き合いしてください」って言ってた。

やっぱりこれって、どう考えても愛の告白で…………うん？

あれ……？　なんか今、変な声が混じってたような……？

──僕と！　お付き合いしてください！

──あ、はい。

りぴーと、わんすもわ。

──僕と！　お付き合いしてください！

──あ、はい。

わんすもあ。

──あ、はい。

わんすもあ。

──あ、はい。

……うん。

これ私、イエスで答え返してるね。咄嗟《とっさ》に、頭の中にあった言葉出ちゃってるね。

なーるほど、それで平地くん満足げだったんだ。

愛の告白して、受け入れられたんだもんね。そりゃ、そうなるよね。

おめでとう、カップル成立だよ！

…………。

……って、えええええええええええええええええええ!?

カップル成立しちゃってるぅううううううううううううう!?

誰《だれ》と!? 誰が!?

私と！ 平地くんが！

だよね!?

どうしようこれ!?

◆　◆　◆

魔光少女まほろば☆マホマホの中の人、庄川真帆。

正体を隠《かく》すために孤独を貫《つらぬ》かないといけないはずの、この私に。

どうやら本日、期せずして恋人が出来たようです。

第4章　密談男子の友情は

空橋悠一

例の場面を目撃《もくげき》してから数日。

平地クンと二人になれる機会を窺《うかが》ってたんだが、これが意外と難しい。休み時間じゃちょいと時間が限られすぎるし、放課後になってしまうと俺は部活に行かなきゃならない。

ここしばらく、平地クンは何かに思い悩《なや》んでいる様子だ。だから、今こそ力になりたいところなんだけど……なんて思っていた矢先、好機が訪《おとず》れた。

今日の部活はミーティングのみで終了《しゅうりょう》。ロッカーに荷物を置いて帰ろうと思って教室まで戻《もど》ったところで、平地クンが一人だけ残っているのを発見したのだ。

ここしかない……！　そんな思いと共に、教室へと足を踏《ふ》み入れる。

◆　◆　◆

里崎翔子

っべー、ダチとダべってたらこんな時間になっちった。もう完全に日ぃ落ちかけだし、早く帰んないとサマサマ（『サマーソルトの王子様』っつーアニメのタイトルの略）始まっちゃうじゃん！　主人公とライバルの関係が激アツで、常に攻守《こうしゅ》が入れ替《か》わるから毎週チェック必須《ひっす》なんだよね……そう、攻《せ》めと受けが……今週はどっちが攻めるんだ……！

「……っと」

鞄《かばん》を取りに教室に向かってたら、ソラハシが歩いて来るのが見えて咄嗟に身を隠した。

別に、ソラハシのことを苦手にしてるってわけじゃない。

視界の端《はし》に、教室にヒラチが一人で残ってる光景が目に入ったからだ。

放課後、教室、二人きり……これは、まさか……。

……いや、もちろん実際には何も起こりゃしないんだろうけど。

どうにも期待しちゃうのがサガってやつだよなぁ……。

◆　◆　◆

庄川真帆

うぅ……あれ以来、平地くんとまともに顔を合わせられない……。

平地くんは、沢山《たくさん》話しかけてくれるようになってるのに……あれって、仲を深めようとしてくれてるん……だよね……？　その、あの、か、か、か、彼氏……として……。

でも……私……やっぱり、平地くんの想《おも》いには応《こた》えられない……よね……。

私なんかのことを、す、す、好き……になってくれたのは、とっても嬉《うれ》しいし……恋《こい》っていうのに憧《あこが》れてるところはあるけど……私には、まだ早いのかなって思うし。

それに、私は魔《ま》光《こう》少女だから……あ、でも、もし正体がバレちゃったら三十歳まで彼氏が出来ないんだよね……今までずっと、どうせ彼氏なんて出来ないんだからどうでもいいやって思ってたけど……平地くんが彼氏になってくれるっていうなら、今のうちに恋人同士のあれこれを楽しんでみたいっていう気持ちも……ううん、駄目《だめ》駄目！　それで魔光少女の正体がバレちゃったら本末転倒《ほんまつてんとう》だよ、うん！

……でもでも、この先私のことを好きになってくれる人なんて他《ほか》にいないかも……って、それじゃ、相手が誰でもいいみたいじゃない！　そんな態度でお付き合いするなんて、平地くんに失礼だよ！　やっぱり平地くんには……うーん、でも……。

「ねぇチュウ、私どうしたら……」

いやいや、いくらマスコット妖精《ようせい》っていっても動物に恋愛《れんあい》相談っていうのは我《われ》ながら流石《さすが》にどうかと……って、あれ……？

「チュウ？」

呼びかけても、返事がない。

……というか。帰り道なのに私、鞄持ってなくない……⁉

あぁもう、どんだけ上の空なの⁉

◆　◆　◆

平地護常

庄川さんに友達として受け入れていただいてから、数日。

当初こそ順調な滑《すべ》り出しに喜んでいた僕だけど、早速暗礁《さっそくあんしょう》に乗り上げていた。

なにせあの日以来、庄川さんからあからさまに避《さ》けられている。もしかしなくともこれ、むしろ状況《じょうきょう》は後退しているのでは……？　なんて思って焦《あせ》りはすれど、原因がわからないからどうしようもない。もしかしてあの時、オーケイ貰《もら》ったのに満足してそのまま立ち去っちゃったのがマズかったのかな……？　あそこで小粋《こいき》なトークが出来なきゃ次へのフラグが立たないとか……？　うーん、何しろ経験値がゼロすぎて判断が付かないな……。

これが例えば空橋くん辺りなら、経験値もカンストレベルなんだろうけど。

どうにか弟子《でし》入り出来たりしないかな……なんて、益体《やくたい》もないことを考えてたところ。

「うぃっす、平地クン」

「うぇっ⁉」

当の本人が廊下《ろうか》から顔を覗《のぞ》かせたもんだから、驚《おどろ》いて妙《みょう》な声を上げてしまった。

「はは、驚かせちゃったかな？」

一瞬《いっしゅん》思い悩むあまりに僕の脳が見せた幻覚《げんかく》かとも思ったけど、どうやら本物みたいだ。

「あ、いえ、すみません……えと、なんでしょう？」

ふと周囲に目を走らせると、現在教室内に残っているのは僕だけだった。一つのアイデアも出ないままに頭を悩ませているうちに、結構な時間が経《た》っていたらしい。

「こんな時間まで残って、どうしたの？」

僕の前の席へと腰掛《こしか》け、親しげに話しかけてくる空橋くん。

お、おう……大して話したことがあるわけでもないのに、この距離感《きょりかん》……流石すぎるな、スクールカースト最上位……なんて心の中で畏怖《いふ》しつつも、平静を装《よそお》って口を開く。

「いや、まぁ、少々考え事を……」

「そっか。それってさ」

そうだ、この棚《たな》ぼた的に訪れた好機。せっかくなんで、空橋くんに相談してみてはどうだろう？　……うーん、けどなんて切り出せばいいんだろうな……？　まさか、真実のままを切り出すわけにもいかないし。なにしろ、マホマホの正体が……。

「庄川さんのこと？」

そうそう、庄川さん……だ……なん…………て？

僕は、思わず固まってしまった。

すぐにそれは下策であったと後悔《こうかい》するも、時既《すで》に遅《おそ》し。

「な、なんのことでしょう……？」

口から出た声は、自分では思ってもみなかったほどに震《ふる》えていた。

「はは、別に隠すことじゃないっしょ」

一方の空橋くんは、相変わらずの爽《さわ》やかな笑《え》みを浮《う》かべたままだ。

「ここ最近の平地クン、庄川さんのことで頭がいっぱいって感じだもんな」

ぐ、完全にバレている……！

「そ、それって、もしかして皆《みな》さんご存知だったりするのですか……？」

咄嗟に上手《うま》い言い訳が思い浮かばず、僕は肯定《こうてい》同然の言葉を口にしてしまう。

「いや、たぶん気付いてる人はいないと思うよ？　少なくとも、俺の見る限りでは」

実際、クラス内で僕に注目している人なんて皆無《かいむ》だろう。空橋くんが例外というか、たぶん彼の視野が広すぎるんだ。そんな空橋くんが言うのなら、きっと間違《まちが》いないんだろう。

なんて……僕は、その言葉にホッとしてしまった。

だけど、もしかするとそれこそが空橋くんの仕掛《しか》けた罠《わな》だったのかもしれない。

「てかさ」

その口調に、格別重大そうな響《ひび》きは無く。

「平地クンって、庄川さんのこと好きなんだよね？」

実に、何気ない調子で問いかけられたように感じられた。

「ええ、もちろ……」

おかげで、即答《そくとう》しかけた。いや、もうほとんど言い切ってしまっていた。僕がマホマホ好きであることなんて、クラスメイト中に知れ渡《わた》っていることだから。何を今更《いまさら》、と。

だけど、遅《おく》れて気付く……空橋くんは今、なんて言った？

「マホマホのこと」じゃなくて、「庄川さんのこと」って。そう言わなかった？

「そん、な……」

唾《つば》を飲み込もうとする。でも、いつの間にか口の中がカラカラに乾《かわ》いていて失敗。

「いつから、ご存知だったのですか……？」

結局僕は、掠《かす》れた声でそう尋《たず》ねることしか出来なかった。

僕の好きなマホマホが庄川さんと同一人物だと、いつから知っていたのか……と。

「んー？　俺が気付いたのなんて、つい数日前だよ」

なるほど、僕が知ったのと同時期くらいってことか……。

「授業中に庄川さんがトイレに立とうとして、邑山先生に却下《きやつか》された時あったじゃん？

そんでその後、平地クンがなんか奇声《きせい》発して一発芸やった時」

んんっ……？　というか、これ……。

「それから、ちょっと気になって見てたんだけどさ」

この、流れ……まさか……？

「確信を持ったのは、こないだ廊下で平地クンが庄川さんを庇《かば》った時かな」

やっぱり……！　なんてことだ……！

「あの瞬間にさ。あぁそういうことなんだな、って思ったわけ」

この僕の行動こそが、庄川さんの秘密について怪《あや》しまれる原因となってしまっていたなんて……！　この平地護常、一生の不覚……！　申し訳ありません、庄川さん……！

……いや。謝罪も後悔も後回しだ。今は、この場を乗り切ることに全力を尽《つ》くさねば！

「なるほど……わかりました」

わざわざ二人きりの時に切り出してきたってことは、空橋くんとしてもこの件について無闇矢鱈《むやみやたら》と吹聴《ふいちょう》して回る気はないということだと思う。あくまでも今のところは、という注釈《ちゅうしゃく》は付くかもしれないけれど。つまり、これは交渉《こうしょう》……あるいは、脅迫《きょうはく》。

「要求は何でしょうか？　僕に出来ることなら、何がなんでもやり遂《と》げる所存ですが」

「よーきゅー？」

真っ直《す》ぐ空橋くんを見据《みす》えて尋ねるも、彼は不思議そうに首をかしげるのみだった。

まるで、何のことかわからないとでも言いたげな仕草……空橋くん、貴方《あなた》なかなかの夕ヌキではないですか。イケメンは、権謀術数《けんぼうじゅつすう》もお手の物というわけですか……？

「んー、そんじゃさ」

そんな言葉と共に、空橋くんは考えるように顎《あご》に指を当てた。

「庄川さんとのこと、良かったら協力させてくんない？」

そして、ニカッと笑う。それは邪気《じゃき》のない、気持ちの良《い》い笑みにしか見えなかった。

「協力、ですか……？」

その言葉をどう判断したものかと、僕は眉《まゆ》をひそめる。

「つまり空橋くんには、そもそもこの件について言いふらす気はないと……？」

「はは、当たり前じゃん。そんな野暮《やぼ》なことしないって」

野暮……か。なるほど言われてみれば、魔法少女的存在の正体を言い回るなんて行為《こうい》は野暮と言えるのかもしれない。僕にはその発想はなかったけれど……スクールカースト上位の皆さんは、粋かどうかで物事を決めるってことなんだろうか……？　いずれにせよ、その言葉を疑いなく受け入れるのは危険。もう少し探《さぐ》りを入れてみないと……。

「けれど、僕に協力なんてして空橋くんにどんなメリットが生じるというのですか？」

ただ単に無粋《ぶすい》というだけならば、黙《だま》っているだけでいい話。わざわざ接触《せっしょく》を図《はか》ってきたということは、やっぱり何かしらの理由があると思うんだ。

「うーん、そうだな……あえて言うなら……」

空橋くんは言葉を探すように、視線を彷徨《さまよ》わせる。

「君のことを近くで見ていたい、ってとこかな？」

「……？」

今度は、僕が首をかしげる番だった。

「どういうことですか……？　僕など見ても、何も面白《おもしろ》いことはないでしょう」

彼の言葉の意味を理解出来ず、質問を重ねる。

「そんなことはないさ」

軽く肩《かた》をすくめた後、空橋くんはどこか照れくさそうに笑った。

「俺は、なんていうかな。その、大げさな言い方かもしれないけどさ」

頬《ほお》を掻《か》きながら、少し笑みを深める。

「感動、してしまったんだ。あの時」

あの時……？　どの時のことだろう……？

「正直なところ俺は、平地クンのことを誤解していた。人との関《かか》わりを嫌《きら》って、自分の内に閉じこもってるような人なんだと思っていた」

「何一つとして間違っているとは思えませんが？」

僕の自己分析《ぶんせき》と寸分違《すんぶんたが》わず一致《いっち》していたから、反射的にそう返す。

「だとしたら、尚更凄《なおさらすご》いよ」

空橋くんは微笑《ほほえ》み、どこか眩《まぶ》しそうに目を細めた。

「庄川さんがバカにされて、笑われて。俺、行かなくちゃって思った。でも同時に、行ってもいいのか？　って迷っちまった。すぐに、飛び出せなかった」

僕から視線を外し、空橋くんは隣《となり》の席へと目を向ける。件《くだん》の、庄川さんの席へと。

「でも、君は違った。君は俺よりも、誰《だれ》よりも早く動いた」

視線はそのまま。だけど、その言葉は僕へと向けられたものなんだろう。

「それは君にとって庄川さんが特別だったからなのかもしれないし、決してスマートな方法でもなかったかもしれないけど、それでも、いやだからこそ、俺は」

再び、空橋くんの視線が僕を真っ直ぐに射貫《いぬ》いた。

「かっけぇ、って思ったんだ」

その言葉も、僕に向けたもの……なんだろうか。

まさか、この僕が格好《かっこ》いいと言っている？　他《ほか》ならぬ空橋くんが？　はは、ご冗談《じょうだん》を。

「俺にとって、あの時の君は……後先なんて考えず、ただ一人の女の子のためになりふり構わず飛び出した君のことが……そうだな」

今度は、何を言い出すおつもりで？

「ヒーロー、みたいに見えたんだよ」

なるほど、ヒーローときたか。まったく、空橋くんはお笑いの才能もおありのようで。

「俺は、俺のヒーローがこれからどんな風に動くのかに興味津々《きょうみしんしん》なんだ。それを間近で見ていたいんだ。つまりこれは俺側にもメリットがある、打算交じりの提案ってわけ」

果たして僕なんかの傍《そば》にいることが如何《いか》程《ほど》のメリットになるのかは不明だけど……まぁ、価値観は人それぞれだし。空橋くんがそう言うのなら、そうなのかもしれない。

いずれにせよ、空橋くんにはもう全部バレてるんだ。協力してくれるって言うなら……。

「って、わわ⁉　いきなりどうした⁉」

と、空橋くんは急に慌《あわ》てた様子を見せ始めた。

いきなりどうした、はこっちの台詞《せりふ》なんですが？

「ごめん俺、なんか変なこと言っちゃった⁉　謝るから、泣かないでくれよ！」

泣く？　誰が？　……といっても、ここには僕と空橋くんしかいないわけで。

空橋くんが両手を合わせて頭を下げている相手は…………僕？

はは、だからご冗談を……そう思いながら、自分の頬に手を当てて。

「…………へ？」

僕は初めて、己《おの》が目から涙《なみだ》が流れ出していることに気付いた。

同時に、なぜ自分が泣いてしまったかについても思い至る。

「違います……違うのです、空橋くん」

指先で涙を拭《ぬぐ》いながら、僕はゆっくりと首を横に振《ふ》った。

「これは、嬉《うれ》し涙なのです」

そう。僕は、嬉しかったんだ。

つい今しがたまで自覚すらしていなかったけど……不安だったんだ。孤独《こどく》だったんだ。

誰にも相談出来ず、一人の女の子の人生に影響《えいきょう》しかねない、街の平和に関わるかもしれない、重大な秘密を抱《かか》えて。本当にこのやり方で合っているのか、もっと上手いやり方はないのか、僕一人で彼女の秘密を守ることなんて出来るのか。

決意だなんて言葉で飾《かざ》っていたけど、心の奥底ではそんな苦しみを感じていたんだ。

「ありがとうございます、空橋くん」

これからは、一人じゃない。

そう思った瞬間《しゅんかん》に安堵《あんど》して、嬉しくて。それが、涙って形で噴《ふ》き出したんだと思う。

「僕は、貴方の存在に救われました」

心のままに告げると、空橋くんはキョトンとした表情となった。

「はは、大げさだなぁ」

「ふふ、それはお互《たが》い様でしょう」

破顔する空橋くんの言葉を受けて、僕も笑った。

「はは、違いない」

「ふふふ」

夕日に照らされる教室で二人、笑い合う。

これで僕が美少女だったなら、恋《こい》の花でも咲《さ》く場面なのかもしれないね。

「先程の問いかけへの答えが、まだでしたね」

協力させてくれないか、という空橋くんの言葉。僕の返事は、もう決まっている。

ゆえに、空橋くんの方に手を差し出した。

「これからよろしくお願いします。同志、空橋くん」

「同志、か」

差し出された僕の手を見て、空橋くんはフッと笑う。

「だったら、その呼び方はいかにも他人行儀《たにんぎょうぎ》だ」

その笑みは、今までより随分《ずいぶん》親しみを感じさせるものであるように思えた。

「親しい奴《やつ》は、俺のことをユウって呼ぶ。君もそう呼んでくれ」

ニックネームで人を呼ぶなんて、初めてのことでなんだか緊張《きんちょう》するけど……でも。

「わかりました、ユウくん」

僕もニッと笑って、そう呼びかけた。

「では僕のことも、気軽に平地クンとでも呼んでください」

「あぁ、わかったよ平地ク……」

そう呼びかけながら、手を差し出して。

「いや既《すで》に無茶苦茶《むちゃくちゃ》平地クンって呼んでるわ!?　気軽になった感ゼロだわ!?」

二つの手が重なる直前で、ユウくんの顔が驚愕《きょうがく》に染まった。

なかなかいいリアクションしてくれますねぇ、ユウくん……。

「はは、冗談ですよ。気軽に、護常とでも呼んでください」

あいにく僕には格好いいニックネームなんて存在しないから、普通《ふつう》に下の名前を提案する。まぁ『マホオタ』っていう呼び名はあったりするわけだけども、僕とてここでそれを口に出すほど空気が読めないわけではないのだ。

「あぁ、わかったよ護常」

今度こそ、二つの手がガッチリと固い握手《あくしゅ》を交《か》わした。

「これから、よろしくな。庄川さんとのこと、全力で応援《おうえん》するぜ」

「こちらこそ、よろしくお願いします。心強い限りです」

「って、敬語なのは変わらないのかい？」

「あ、いや、その、僕にとってはこれが標準といいますか……ちょっとすぐに直すのは難しいといいますか……あの、別に、ユウくんに対して距離《きょり》を感じているわけではないのですよ？　ただ、もはやこれが僕であり如何《いかん》ともしがたいというか……」

「はは、わかったよ」

しどろもどろで言い訳する僕に、ユウくんは軽く笑う。

「別に、無理に変えろなんて言わないさ。ま、その方が護常らしいって気もするしな」

「あ、ありがとうございます」

もしかしたら、ユウくんにとっては深い意味はなかったのかもしれないけれど。

なんとなくその言葉は、ありのままの僕を受け入れてくれたような気がして嬉しかった。

かくして、マホマホの正体を守り隊（心の中だけで僕命名）は結成されたのだった。

嗚呼《ああ》、仲間がいるというのはなんと心強いことか！

ユウくん、これからは二人で庄川さんの秘密を守っていきましょうね！

◆　◆　◆

空橋悠一

護常と固く握手を交わしながらも、内心では安堵の息を吐《は》きたい気持ちだった。

受け入れてもらえて良かった。なにせ、事はデリケートな問題だからな。部外者が好奇《こうき》心《しん》交じりで首を突《つ》っ込んでも碌《ろく》なことにならない。そんなことは、護常だって百も承知だろう。だから、俺の真摯《しんし》な思いが伝わったんだと思うと嬉しい気持ちが溢《あふ》れてくる。

「ところで、早速《さっそく》で恐縮《きょうしゅく》なんですがちょっと相談がありまして……」

と、護常がおずおずと切り出してきた。

「遠慮《えんりょ》すんなよ、なんでも言ってくれ」

あぁ、俺に出来ることならなんだってやってやるつもりさ。

俺にとってのヒーロー、その恋路が成就《じょうじゅ》するようにさ！

◆　◆　◆

里崎翔子

ソラ×ヒラ！　きたぁぁぁぁぁぁぁぁぁぁぁぁぁぁぁぁぁぁぁぁぁぁぁぁぁぁ！

今（アタシの中で）最も話題のカップリングが、まさか公式になるとは……なんて美味《おい》しい場面に遭遇《そうぐう》出来たんだ……！　イマイチ会話の内容は聞き取れなかったけど、間違《まちが》いないっしょ……！　夕日に照らされる教室に二人、真剣《しんけん》な表情で、最後に固く握手……！

これが愛の告白の場面じゃなかったら何だってのさ……！　「君のことを近くで見ていたい」とか「感……てしまった」とか「（男）同士」とか聞こえたし……ヤバい、思い返すほどにヤバい……なにこれ、ホントに現実……？　実はアタシ、既に死んで二次元の世界

に転生してたりする……？　どっちにしろ、神様には感謝しかない……！

状況的《じょうきょう》に、告白したのはソラハシの方……？　けど、ヒラチも泣いて喜んで……そうかヒラチ、アンタも前々からソラハシのことを……ここ最近妙《みょう》にらしくない行動が続くと思ってたけど、それもソラハシへのアピールだったたってことか……！　そして、ついにソラハシのハートを射止めるに至ったと……！　愛する人のために自分を変えようとするアンタのその姿勢、感動したよ……！　尊い……尊すぎる……あ、ダメだ心臓止まりそう……。

くっ……だけど、きっと世間はアンタらの愛について冷たい態度を示すだろう。

けどその愛、絶対貫《つらぬ》きなよ……！　誰《だれ》が認めまいと、アタシだけは認めるから……！

アタシは、誰よりもアンタらの愛を応援するからさ……！

◆

◆

◆

庄川真帆

ええー……？

里崎さんがなんだか物凄《ものすご》い笑顔《えがお》でガッツポーズしだしたんだけど、何があったんだろう……？　かぶりつくみたいに教室の中覗《のぞ》いてるし……何かあるのかな……？　って、今度は涙目になって胸を押さえて……？　あ、それから決意の表情に……？　なんか凄く鼻息も荒《あら》くなってるんだけど、大丈夫《だいじょうぶ》かな……？　……………というか私、鞄《かばん》取りに行きたいんだけど……入れる雰囲気《ふんいき》じゃないよね……どうしよう……。

◆　◆　◆

チュウ

それは納豆《なっとう》じゃなくてフィヨルドランドクレステッドペンギンでチュウよ!?

……？　おっと、いつの間にか寝《ね》ちゃってたようでチュウねぇ……授業はもう終わったでチュウかね？　ちょっと様子を見てみるでチュウ……あれ、なんかもう日が暮れてるでチュウ……？　教室の中、イケメンの子とメガネの子しか残ってないでチュウし……その二人も、もう帰るところで……ヂュッ!?　し、しまったでチュウ！　メガネの子と目が合っちゃったでチュウ!?　このままじゃ真帆に迷惑《めいわく》が…………チュウ？　あれ、そっと目を逸《そ》らされたでチュウ……？　気付かれなかったのでチュウかね……？　結構ガッツリ視線が絡《から》まった気がしたのでチュウが……ま、まぁバレなかったのなら何よりでチュウ。

…………ところで、真帆はどこに行ったんでチュウかね……？

第5章　一大決意の影響《えいきょう》は

　ユウくんとの共同戦線を結んだ日から、土日を挟《はさ》んだ次の月曜日。

「おはようございまーす！」

　僕は、大きな声で挨拶《あいさつ》しながら教室の扉《とびら》を開けた。

　こんなことするのは、もちろん初めてだ。なにせ、僕のキャラじゃない。

　だけど……僕は、変わると決めたんだ！

　クラスメイトの幾人《いくにん》かが僕に目を向け、興味なさげに視線を戻《もど》し……その全員が、勢い良く僕を二度見した。その反応を見て、他《ほか》の人も不思議そうにこちらへと視線を寄越《よこ》す。

　それから彼ら彼女らが顔に浮《う》かべたのは、例外なく驚愕だった。

　一瞬シンと静まり返った後に、教室内が大きくざわめく。誰もが、僕の変わりように驚《おどろ》いているようだった。そうでなくちゃ困る。これでも、一大決心だったんだから。

　目を覆《おお》い隠《かく》すほどに伸《の》びていた髪《かみ》は、バッサリとカット。人生初美容院で吐くかと思うほど緊張したけど、成果は上々……と、思いたい。軽くワックスも付けて、眉《まゆ》の形も整えた。コンタクトを作って、分厚い瓶底眼鏡《びんぞこめがね》ともおさらばした。

これらは全《すべ》て、ユウくんのアドバイスによるものだ。先日早速の相談として「庄川さんとの仲を深めるためにはどうすればいいでしょう？」というストレートな質問をしたところ、「まずは見た目を整えよう！」というこれまたストレートな回答が返ってきたんだ。

なるほどこれは盲点《もうてん》だった、と目から鱗《うろこ》が落ちる思いを抱《いだ》いたもんだよ。仮に、もしもこれが恋愛《れんあい》事だったなら、さしもの僕だって見た目に気《き》遣《づか》うことを真っ先に思い付いたろう。だけど、庄川さんとの関係性を『友達』として発展させんと躍起《やっき》になるあまり視野が狭《せま》くなってたみたいだ。人は見た目じゃないとは言うけれど、キモオタ丸出しで清潔感の欠片《かけら》もなかった今までの僕じゃ傍《そば》にいて良《い》い気持ちはしないに違いない。まして僕と庄川さんは、まだ内面についてお互《たが》いによく知るような仲じゃないんだし。そういう仲になるためにもまずは見た目から、っていうのは実に合理的な意見だと言えよう。

笑顔だって、鏡の前で精一杯爽《せいいっぱいさわ》やかに見えるよう練習した。というか、元の笑顔は改めて見ると自分でもドン引きするくらいキモかった。そりゃ庄川さんも怯《おび》えるわけだよ。

人は、僕の行動を無駄《むだ》な努力と笑うだろうか。

元の素材が駄目なんだから、どう調理しようがゲテモノにしかならないと。

だけど、それでも構わない。たとえ無駄であろうと、僕は出来る限りの努力をしよう。

全ては、庄川さんとお近づきになるために！

「おはよ、護常」

未《いま》だざわつくクラスメイトの中から踏《ふ》み出し、挨拶を返してくれたのはユウくんだ。

「いいじゃん、格好《かっこ》いいぜ」

と、僕の肩《かた》をポンと叩《たた》く。流石《さすが》、天然モノ爽やかイケメンはお世辞でさえも爽やかだね。

「ありがとうございます、ユウくん」

養殖《ようしょく》の爽やか笑顔で返すと、ユウくんもニッと笑った。女子の幾人かから黄色い声が上がる。確かに今のは、僕でも惚《ほ》れちゃいそうなちょい悪イケメンスマイルだったもんね。

ユウくんとすれ違う形で教室へと足を踏み入れた僕は、自分の席へと向かう。途中《とちゅう》、多くの好奇《こうき》の目に晒《さら》された気がするのは自意識過剰《じいしきかじょう》というわけじゃないと信じたい。

「おはようございます、庄川さん」

席につくと同時に、隣《となり》の席へと挨拶を送った。教室のざわめきにも我《われ》関せずとばかりに文庫本へと目を落としていた庄川さんが、ようやく顔を上げる。

「あ、うん、〰おは……ふぁっ⁉」

最初はいつもの消え入りそうなか細い声だったのが、途中で奇声《きせい》に変わった。

「あう……」

次いで、隠れるように本へと顔を埋《うず》めてしまう。

そうですか……やっぱりまだ、直視に耐《た》えないキモさですか……。

本からはみ出した庄川さんの頬《ほお》や耳は赤く染まっているけども、この滑稽《こっけい》な姿に対して笑うのを堪《こら》えてくれてるんだろうか。お気遣い、感謝です。

◆　◆　◆

庄川真帆

えええええええええええええ!?　何これ!?　誰これ!?

いや、あの、平地くん……だよね……？

平地くんの席に座ってるし……言われてみれば、面影《おもかげ》が残ってるような気はするし……恥《は》ずかしくて、ちゃんと顔見れなかったけど……私、人の目見るの苦手だし……前の平地くんだったら、ほとんど髪で隠れてたからギリギリ大丈夫だったんだけどな……。

……というか。

これって、もしかして……私のため、だったり……する？

あの、その、別に平地くんの見た目が嫌《いや》だから避《さ》けてるわけじゃないんだよ……？　ちゃんと理由とか言ってなかったから、そう思われちゃったの……かな……？　だとすれば、とっても申し訳なくて……それから……。

平地くんは、私と同じタイプだと思ってた。自分を変えることなんて出来ない、見た目だけだろうと変えようとさえ思わない……少なくとも、私はそう。私に出来るのなんて、マホマホっていう全くの『別人』になることくらい。

だから平地くんが自分を変えたこと、それはとっても凄いことだと思う。

それで、もし……もしそれが、私のために、だったのだとしたら。

嬉《うれ》しい、と思ってしまっている自分がいる。

◆　◆　◆

里崎翔子

おぉヒラチ、ついに見た目まで……！　それが、ソラハシの好みなんか……？

アタシ的にはイケメン×モブでも全然オッケーだったけど、これはこれで悪くない……てか、普通《ふつう》に美味しいです……ありがとうございます……ありがとうございます……！

特に、今のやり取りはめちゃ良かった……！　お前の魅力《みりょく》なんて最初からわかってたぜ的なソラハシからの信頼《しんらい》と、唯一《ゆいいつ》ソラハシには心開いてる感が出てるヒラチ……さりげに名前とニックネーム呼びになってるとこもポイント高い……うぉヤバ、ヨダレ出かけた。

◆　◆　◆

空橋悠一

昼休み。護常が弁当を食べ終わったのを見計らって、彼を無人のサッカー部室へと招いた。キャプテン権限を私的に利用する形だけど……今は、一人の男の恋《こい》が成就《じょうじゅ》するかどうかが懸《か》かってる状況《じょうきょう》だ。職権乱用の誹《そし》りくらい、喜んで受けよう。

「それで……庄川さんの反応、どんな感じ？」

「いやぁ、よろしくないですねぇ」

開口一番尋《たず》ねると、護常は眉をハの字にして首を横に振《ふ》った。

「むしろ、避けられ度が高くなったような気すらします。もはや目が合うことさえなくなっちゃいましたし。僕みたいなのがイメチェンしても、滑稽なだけってことですかね」

「うーん……？」

そんなはずないと思うんだけどなぁ……どう見ても、今の護常はイケてる。正直、俺の想定以上の変わりっぷりだ。実際、クラスの女子が護常を見る目は明らかに変わってるし。

……というか、それは庄川さんも同じなんじゃないか？

「庄川さんが目を合わせてくれないのって、単に恥ずかしいからってだけなんじゃ？」

「はぁ、僕がこの世に存在する事実そのものがですか？」

「いやなんでだよ。自虐《じぎゃく》が過ぎるわ」

「けど実際、僕の生物ランクってウーパールーパーのちょっと下くらいじゃないですか」

「最低限、せめて哺乳類《ほにゅうるい》には食い込む意気込みを見せようぜ？」

「そこまで行くには、あと数回程度の転生ではキツいですね」

「前世でどんな業《ごう》を積んだらそうなるんだよ……」

「前世はウーパールーパーでしたからね……二段階下降です」

「逆に、ウーパールーパーの身で何をしたら段階が下がるの!? あと、間に何がランクインしてるのかが気になるな！」

「ところでこれ、何の話です？　話逸れすぎじゃないですかね？」

「……お、おぅ」

むしろ逸らされた側として釈然《しゃくぜん》としない感はあるけど、話が逸れたのは事実だ。

ともかく……もしも庄川さんが目を合わせてくれないのが護常を意識してのことだとすれば、良い傾向《けいこう》だと言える。とはいえ、そうと決めつけるのも危険だろう。判断に迷うところだけど……そうだな。何はともあれ、まずは現状の二人の距離感《きょりかん》についてちゃんと確《かく》認《にん》しとくか。そこから見えてくるものもあるかもしれない。

「そんじゃ、話を戻して……ちょっと聞きたいんだけどさ。護常的には、庄川さんとの関係をどの程度の仲だと認識してる？」

「はぁ。付き合い始め、というところですかね」

何を問われているのかよくわからない、といった表情で答える護つ……んんっ？

ちょっと待て、今なんか聞き捨てならないこと言わなかった？

「え、その、付き合い始め……って……君ら、付き合ってんの……？」

「ええ、まぁ」

恐《おそ》る恐る尋ねてみると、護常はあっさりと頷《うなず》いた。

あれ……？　この二人、俺が思ってる以上に実は進んでる……？

……いや、待て。あまり考えたくはないけど、これが護常の妄想《もうそう》という線もなくはない。

自分がこれだけ好きなんだから、相手も好きなはず……いや、もう付き合ってるはず……なんてのは、しばしばストーカーに見られる思考らしいし。

護常に限って、ないと信じたいけど……一応、確認しよう。

「その……護常が、そう思う根拠《こんきょ》って何かあるのかな……？」

ここで「はず」とか「違《ちが》いない」とか曖昧《あいまい》な言葉が出たら、アウト率上昇《じょうしょう》だ。

「根拠と言いますか……僕が、お付き合いしてくださいと申し入れまして」

曖昧性ゼロだな⁉

「庄川さんに、はい、と返答いただきましたので」

「それもう付き合ってるじゃん⁉」

返答もあまりに明瞭《めいりょう》で、思わず叫《さけ》んでしまった。

「はい？　だから、付き合い始めだと言ったと思うんですけど……」

「あ、うん、ごめん。それは完全に付き合ってるわ。付き合いまくってるわ」

「いや、まくってはないと思うんですが。付き合い始めのとこで止まってしまっているからこそ、こうしてご相談しているわけですし」

なるほど……ようやく全容が見えてきたな。

「あー……つまり、今よりもっと進んだ関係になりたいってわけだ？」

「そうなりますね」

危ない危ない……確認しといて良かった。片思いの成就と恋人との関係の発展じゃ、送るアドバイスも全然違うものになってくるもんな。

……というか、だとすればますます庄川さんが目を合わせてくれない理由って「彼氏が急に格好《かっこ》良くなったから恥ずかしくて」以外に考えられない気がするんだけど……いや、下手にそこを突《つ》いて護常まで意識してしまうと膠着《こうちゃく》状態に陥《おちい》りかねない。そこには触《ふ》れずに、護常からガンガン距離を詰《つ》めに行く方向で考えよう。

既《すで》に付き合ってる状態から更《さら》に距離を縮めるっていうなら、定番は定期的に愛の言葉を伝えるってとこかな？　なら、まず確認すべきは……。

「ちなみに護常は、庄川さんのどんなところに惹《ひ》かれてるんだ？」

「なんですか突然《とつぜん》」

「いいからほら、言ってみ？　ここには俺らしかいないんだし、恥ずかしがらずに」

「別に恥ずかしくはないですが……」

よし、彼女の好きなところを言うのに恥ずかしさはないとはいい傾向だ。

「そっか、じゃあ言ってみてくれ。これも必要なことなんだ」

「そうなんですね……わかりました。では、うーん……まず、単純に可愛《かわい》いじゃないですか。最初は誰《だれ》しもそこから入りますよね」

「なるほど」

いきなり臆面《おくめん》もなく惚気《のろけ》てくるな……いいじゃんいいじゃん。

「そして同時に、格好良くもある。敵を睨《にら》みつけるあの眼差《まなざ》しの凛々《りり》しさったらないですよね。応援《おうえん》する皆《みんな》に振りまいてくれる笑顔《えがお》と、敵対する者への厳しい顔のギャップがまた堪《たま》りません。誰かのためにと頑張《がんば》れるその高潔さも素晴《すば》らしい。そのために色々なものを犠牲《ぎせい》にしているにも拘《かか》わらず、そんなことまるで思わせない振る舞《ま》いも素敵ですね」

おお、おぅ……止まらないな。ぶっちゃけ、庄川さんに対してのものとは思えないような言葉ばっかな気がしなくもないけど……まるで、護常には俺とは別の庄川さんが見えているかのようだ。ていうか、敵って何なんだろう……？

「それから……」

「よ、よしわかった。一旦《いったん》ここまででいいよ」

放《ほう》っておくと本当にいつまでも喋《しゃべ》り続けそうな護常にストップをかける。

「もういいんですか？」

まだ語り足りないのか、護常は若干《じゃっかん》不満そうな表情だ。愛されてるなぁ、庄川さん……。

「あぁ、十分だ。んで……そういう言葉は、庄川さんにもちゃんと伝えてるんだよな？」

「いや、伝えてませんけど」

さも当然のこととばかりに、護常。

「え、伝えてないの？」

「そりゃそうですよ。伝えたらバレちゃうじゃないですか」

思わず素で問うた俺に、やはり護常は当たり前のごとく返してくる。

「う、うーん……俺に話すのはいいのに、庄川さん本人に想《おも》いを知られるのは恥《は》ずかしいってことなのかな……？　……いや、『バレる』っていう言い回しから察するに、アレか。言葉じゃなくて態度で伝えたいってことか。なるほど、言葉にしてしまうとどうしても陳《ちん》腐《ぷ》になってしまう気がするって気持ちもわからなくはない。けど……。

「なら、全部を伝えろとは言わないけどさ。やっぱ、多少は言っとくべきだと思うぜ？」

「そういうものですか……？」

「そういうもんなんだよ」

説得力が増すよう、力強く頷いて見せた。

「ユウくんがそう言うならそうなんでしょうけど……今の問題はそれ以前といいますか」

どこか気まずげに、護常は自身の頬《ほお》を掻《か》く。

「そもそも、会話出来るところまでいけないのが現状なんですよね……」

「あぁ……」

そういえばそうだっけ……まぁ、単に庄川さんが恥ずかしがってるだけなら時間が解決してくれると思うけど……逆に言うと、時間による解決を待つしかないのかもしれない。

「何か、いいきっかけでもあればいいんだけどなぁ……」

「ですねぇ……」

◆　◆　◆

平地護常

結果的に、ではあるけども。

僕らが望んだ『きっかけ』は思ったより早く、僕がイメチェンした日の翌日に訪《おとず》れた。

「おわ。チョーウンさん、どしたんそれ？」

朝一番の教室に、ザ・イマドキ女子代表（僕内選考）たる里崎さんの声が響《ひび》く。相変わらず名前を豪快《ごうかい》に間違っている彼女が丸くした目を向けるのは、庄川さんの左足。そこには厳重にギプスが巻かれており、庄川さんは松葉杖《まつばづえ》を支えにして教室に入ってきたのだ。

「うん、あのね。昨日、怪《かい》じ……」

「あぁぁぁぁぁぁぁぁぁぁ！　そうなんですね！　階段で⁉　ほう、転びましたと！」

この人、明らかに今「怪人」って言いかけたよね⁉　危ない危ない……まったく、本当にどこで秘密をお漏《も》らししそうになるかわかったもんじゃないな……。

「こらヒラチ、近すぎ」

「っと、失礼しました」

里崎さんに胸を押され、僕は素直に一歩下がる。必死の余り、僕はいつの間にやら鼻を突《つ》き合わせそうなほど庄川さんに迫《せま》ってしまっていたのだ。

「あ、はは……私、トイレ行っとかないと！」

と、庄川さんはたった今入ってきたばかりの扉《とびら》をくぐって廊下《ろうか》に出て行ってしまった。

まだ松葉杖には不慣れらしく、その足取りはやや危なっかしさを感じるものだ。

「ヒラチ、アンタさぁ。女の子とのキョリカンってやつをちゃんと弁《わきま》えなよね」

僕の胸に当てていた手の平をグーにして、トンと叩《たた》きながら苦言を呈《てい》する里崎さん。

「いやはやまったくおっしゃる通りで、面目《めんぼく》ない」

何も異論はなかったので、素直に頭を下げる。

「ったく」

軽く鼻を鳴らした後、里崎さんはふと表情を改めた。

「けど、偶然《ぐうぜん》ってのはあるもんだね。昨日、マホマホも同じとこ怪我《けが》してたじゃんね？」

「は、はは……そうでしたね……」

流石《さすが》に鋭《するど》い里崎さんの指摘《してき》に、僕は冷や汗《あせ》交じりに頷く。

そう。あのギプスは、マホマホの負った傷がそのまま残っている結果なんだと思う。

あれは、昨日の放課後のことだった……。

「はーっはっはっはっ！　行きな！　栞型怪人《しおり》ススメルン！　奴《やつ》らが挟《はさ》んでいる栞を十ページほど先に移動させて、人間どもを恐怖《きょうふ》のどん底に陥《おとしい》れてやるんだよ！」

「シオーリ！」

僕は、ピンジェネさんとその配下の怪人が現れた現場にたまたま居合わせていた。

「ぐあぁぁぁぁぁぁぁ!?　な、なんだこれは……！　知らないキャラが、いつの間にか登場している……だと……!?」

「きゃぁぁぁぁぁぁぁ!?　犯人がいつの間にか自白を始めている!?　トリックは、トリックはどうやって解かれたの!?」

「ぬわぁぁぁぁぁぁぁぁ!?　全く問題が解けない!?　まるで、重要な公式を読み飛ばしてしまったかのようだ!?」

人々は、阿鼻叫喚《あびきようかん》に包まれている。皆《みな》さんがせっかく目印として挟んでおいた栞の位置を勝手に進めるだなんて……なんて卑劣《ひれつ》な仕打ち！

けれど、彼女なら……彼女なら、どうにかしてくれる！

そんな思いを胸に、空を見上げる。するとそこに、彼方《かなた》から飛来する何かが見えた。

――あれはなんだ？

――鳥か？

――飛行機か？

僕と同じく空を見上げた人々が、口々にそんな声を上げる。

――いや、あれは……！

そして、飛来物の姿がハッキリ見え始めたところで。

『魔光《まこう》少女だ！』

一斉《いっせい》に、歓声《かんせい》を上げた。もちろん、僕だって例外じゃない。その正体を知ってしまった今とて、僕がマホマホに寄せる信頼《しんらい》は一ミリだって揺《ゆ》らいじゃいないのだから。

「そこまでだよ、世界征服《せいふく》推進機構！」

凛々しい声と共に、マホマホが降下してくる。

そのまま、スタッと地面に降り立つ……のが、常なのだけれど。

「この、魔光少女まほろば☆マホマホがべしっ⁉」

最後の方の言葉が乱れたのは、妙《みょう》な語尾《ごび》を付けることで安易なキャラ付けを狙《ねら》ったから。

では、もちろんなくて。きっと、痛みと驚《おどろ》きのためだったのだろう。

なにせ降り立った拍子《ひょうし》に、グキッと。そして、ベシャッと。

左足首を派手に捻《ひね》って、すっ転んだ上に顔面から地面にダイブしてしまったのだから。

僕はきっと、生涯《しょうがい》忘れることはないだろう。

あの時のマホマホの、痛みで歪《ゆが》んだ顔と涙目《なみだめ》を。そして、「おい、どうすんだよこれ……」とでも言いたげな世界征服推進機構の皆さんの気まずげな表情を……。

結局、「今日はこれくらいにしといてあげるわ！」と（恐《おそ》らく空気を読んで）マホマホが何もしないうちに勝手に世界征服推進機構の皆さんは帰っていったのだった。

「ちょっとヒラチ、なに急に遠い目になってんさ？」

僕の意識は、そんな声によって現実に引き戻《もど》される。

「あぁいえ……悪とは何なのか、などと考えていました」

「はぁ？」

世界征服推進機構の皆さんについて思いを馳《は》せていたことを端的《たんてき》に伝えると、里崎さんは盛大《せいだい》に眉《まゆ》をひそめた。まぁ、ちょっと端的にまとめすぎた感はあったかな……。

なんて考えたのと同時、ブルリと背が震《ふる》えて尿意《にょうい》を自覚する。

「すみません、僕もお手洗い失礼しますね」

「んあ？　あぁ、そう……」

微妙《びみょう》な表情の里崎さんに断って、僕も教室を出た。それから、特別教室が並ぶ西館の方へと足を進める。この時間、本館のお手洗いは混《こ》み合うからね……僕は、事を済ませている最中に隣《となり》に人がいると落ち着かない質《たち》なのだ。

というわけで人気《ひとけ》のない方へと歩き、西館に繋《つな》がる渡《わた》り廊下に差し掛《か》かったところで。

「はー、ビックリして思わず逃《に》げてきちゃったよ……」

「まったく、真帆は相変わらずの人見知りでチュウねぇ」

「今のは、ただの人見知りともちょっと違《ちが》うんだけど……」

「チュウ？」

「な、なんでもない！」

そんな聞き覚えのありすぎる声が聞こえてきて、僕は咄嗟《とっさ》に身を隠《かく》した。

チラリと顔を覗《のぞ》かせると、渡り廊下の欄干《らんかん》にもたれかかる庄川さんの姿が視界に入ってくる。一見すれば鞄《かばん》に向かって独り言を呟《つぶや》いているようにも見えるけど、鞄からは例のマスコット妖精《ようせい》たるフェレットさんが顔を出していた。いやまぁ確かにこの時間、ここを通る人はそうそういないだろうけど……！　相変わらず、なんたる不用心……！

「ふぅ……ところで、これっていつ頃《ごろ》治るの？」

これ、と庄川さんはギプスを巻いた左足を指す。

「そうでチュウねぇ……一応、ギリ戦闘《せんとう》中とみなされて労災が下りたでチュウから……」

魔光少女って、労災制度あるの⁉　どこが出すの⁉　というかその話、今関係ある⁉

「その魔力を充《あ》てるとして、完治まで大体一週間ってところでチュウかねぇ」

あ、あぁなるほど……魔力？　って形で労災が下りる、ってことなのか。なかなかに魔法少女的存在らしいかも…………いや、魔法少女らしい……かなぁ……？

「そっかー、結構かかるんだねー」

庄川さんが残念そうに溜《た》め息を吐《つ》く。

「すまないでチュウねぇ。どうしても、コスチューム修復の方が優先でチュウから」

逆う⁉　普通《ふつう》そこ優先順位逆じゃないですかねフェレットさん！　なんで人より衣装《いしょう》の方優先なんですか⁉　福利厚生どうなってるんですか魔光少女！

「あーあ。よりにもよって今日、日直なんだもんなー」

けれど庄川さんは、当然のことと受け入れているご様子。

魔光少女、意外とブラックな労働環境《かんきょう》なんだろうか……。

「朝のうちに黒板を綺麗《きれい》にしておかないと……でも、この足じゃなぁ……」

悩《なや》ましげに呟く庄川さん。なんとも律儀《りちぎ》な……その足なんだから、多少日直の仕事が不完全だったところで誰《だれ》も文句なんて言わないだろうに。ただでさえ庄川さんは小柄《こがら》で、黒板の掃除《そうじ》が大変なのは誰の目にも明らかなんだし。

「そうでチュウ！」

おっと？　しかし、フェレットさんには何か妙案《みょうあん》がおありのご様子で？

「変身すればいいんでチュウよ！」

……はい？

「魔光少女になれば、飛行魔法を使って黒板掃除なんて一発でチュウ！」

はは、なかなかに面白《おもしろ》い冗談《じょうだん》で……。

「それだよ！」

それじゃないですよ⁉

ちょ、庄川さん⁉　何を名案だとばかりに目を輝《かがや》かせているのですか⁉　今までマホマホがそんなことに力を使ったことなんて一度もなかったでしょう⁉　庄川さんの日直の仕事をマホマホがやったりしたら怪《あや》しさマックスってレベルじゃないですよ！

あっあっ、なぜ変身アイテムを取り出すのです⁉

「闇《やみ》の神よ、死の王よ、混沌《こんとん》の主《あるじ》よ。我《われ》の捧《ささ》げる供物《くもつ》と引き換《か》えに、我に力を……」

唱え始めたぁぁぁぁぁぁぁ！

例のネクロマンサー的な呪文《じゅもん》唱え始めちゃいましたぁぁぁぁぁぁぁぁぁぁ⁉

本気ですか⁉　というか、正気ですか⁉

くっ……流石に、これをスルーすることは出来ない……！　なんかもう、呪文も終盤《しゅうばん》に入ってきたみたいで庄川さん完全に謎《なぞ》の光に包まれ始めちゃってるし……！

「あ、あー！　なんだか、無性《むしょう》に黒板掃除したい欲《よく》がマックス振《ふ》り切れてきたなぁー！」

とりあえず身体《からだ》を完全に隠し、独り言風に叫《さけ》ぶ。

「っ⁉」

庄川さんが息を呑《の》み、何か――恐らくは変身アイテムとフェレットさん――を鞄にしまった気配を感じたところで僕は渡り廊下《ろうか》へと身を躍《おど》らせた。

「おや、庄川さん……でゅわぁ⁉」

庄川さんではありませんか……と言いかけたのが、途中《とちゅう》で奇声《きせい》に変わってしまう。

なぜなら……なぜか、そこに、半裸《はんら》状態の庄川さんがいたのだから！

と、いうか！　制服と思われる布で辛《かろ》うじて大事な部分が隠れてるだけで！

ほぼ！　全裸！

「ひ、平地くん⁉　ちょちょちょ、ちょっと待ってね！」

慌《あわ》ててもう一度身体を引っ込めた僕の耳に、そんな声が届く。

あ、危なかった……風の悪戯《いたずら》的なものがなかったら、本当に見えてしまっててもおかし

くなかったよ…………というか。まぁたぶん今のは、変身を途中でキャンセルしちゃうとあぁいう格好になってしまうということなんだろうけども……！

そんなリスクまであるなら、ますます学校で気軽に変身しようとするのやめてもらえませんかねぇ……！　先日の一件とか、タイミング如何《いかん》によってはあわや授業中の教室で大《だい》惨事《さんじ》だったたってことじゃないですか……！

「あの……もう、いいよ……」

しばらくの後、おずおずとした声を受けて僕はゆっくり渡り廊下の方へと顔を覗かせる。

良かった、ちゃんと制服を着てくれてる……ブラウスのボタン掛け違えてるし、裾《すそ》がスカートから派手にはみ出してるけども、そこは見なかったことにしよう……。

「えと……平地くん、何か……その、見た……？」

「いえ、何も！　全く何も見えませんでしたね！　なにせこう、風がね！　ちょうど、顔を覗かせた途端《とたん》に砂を運んできまして！　つい今しがたまで失明してたものですから！」

「そっか……良かった……」

いやあの、庄川さん……流石《さすが》にこの言い訳を真に受けるのはどうなんですかね……自分で言うのもアレですけども……あとこの場合、露骨《ろこつ》にホッとした感じを出すのもどうかと……………と、ともかく！　とりあえず、当初の計画の方に舵《かじ》を切ろう！

「……あれ⁉　そういえば！　庄川さんって今日、日直でしたよね⁉」

正直、かなり強引《ごういん》な展開だけども……ここは押し通らせていただく！

「う、うん。そうだけど……？」

「実は僕、今猛烈《もうれつ》に黒板を掃除したい衝動《しょうどう》に駆《か》られていまして！　是非《ぜひ》とも日直の仕事を替《か》わっていただけませんか⁉」

「え、えー……？　そんな衝動、あるかなぁ……？」

なに常識人面《づら》してやがらっしゃるのですか⁉　貴女《あなた》が真面目《まじめ》で常識人キャラな見た目に反して断トツで非常識サイドの人間だってこと僕はとうに知っているんですからね！

「あるのです！　あぁ、もうこの衝動抑《おさ》えきれません！　僕は、今すぐ黒板を掃除しに行きます！　ワイは……ワイは、黒板をピカピカにせな気が済まんのやぁ！」

「あ、ちょ……」

唖然《あぜん》とした様子の庄川さんを置き去りに、僕は風と一体になって走り出した。

「うぉおおおおおおおおお！　やったるでぇえええええええええ！」

そして教室に到着《とうちゃく》するや否《いな》や、猛烈な勢いで黒板消しを手に黒板掃除を始める。

クラスメイトの皆《みな》さんが唖然とする中、続けること数分。

そこには、一つの汚《よご》れもない黒板の姿が！

このエピソードを以《もっ》て、僕には『浪速《なにわ》の掃除屋《スイーパー》』という二つ名が付与《ふよ》された。

なお、僕は関東生まれの関東育ちで、関西地方には足を踏《ふ》み入れたことさえない。

◆　◆　◆

庄川真帆

あ……平地くん、行っちゃった……。

「なんだか、変わった子でチュウねぇ？」

「うん……そう、だね……」

意識の大半を平地くんについて考えることに割《さ》きながら、チュウにぼんやりと答える。

そう、平地くんは変わってる。私なんかに、こ、告白なんてしてくれて……なんだか色々と言ってたけど、結局今回も私のことを助けてくれたんだと思う。

私、ずっと平地くんのこと避《さ》けちゃってるのに……。

「チュウ？　真帆、なんだか顔が赤いでチュウよ？　風邪《かぜ》でチュウか？」

「うん……そう、だね……」

心臓が、凄《すご》くドキドキしているのが自分でもわかる。

でも、私は魔光《まこう》少女で……だから、あんまり人と関《かか》わっちゃいけなくて……きっとそのうち、平地くんも私なんかに愛想尽《あいそつ》かすだろうし…………うぅん。

今まで私は、そんな言葉を言い訳にして誤魔化《ごまか》してたのかも。

なのに平地くんは、そんな私のことをずっと助けてくれて。

だから……もういい加減、ちゃんと向き合わないといけないんだと思う。

平地くんと。

それから、私自身の気持ちとも。

……なんて、格好《かっこ》良く決めたのはいいんだけど。

実際、向き合うって言っても具体的にはどうすればいいんだろぅ……？　うぅ、経験が無さ過ぎて見当も付かないよぅ……誰かに相談でも出来ればいいんだけど……こんなこと相談出来る相手なんていないしなぁ……唯一《ゆいいつ》の話し相手といえば……。

「チュウ？」

目を向けると、チュウは可愛《かわい》らしく首をかしげた。

だから、動物に恋愛《れんあい》相談っていうのは流石にないよね。

「なんだか今、とても失礼な気配を感じたような気がするでチュッ」

「き、気のせいじゃないかな？」

意外と、鋭《するど》いところもあるんだけどね……。

はぁ……無いものねだりしたって仕方ないよね……。

ゆっくりと考えていこう、うん。


なんて、思っていた私だけど。

この一件に端《たん》を発し、そこからの私の日々はとっても激動のものになった。

◆　◆　◆

「はぁ……この足だとゴミ捨ても大変だなぁ…………そうだ！　変身すれば……」

「ふんっ！　ふんっ！　あー、負荷が足りないなー！　なにかいい重りはないかなぁ！

おっと、こんなところにいい感じのゴミ箱が！　庄川さん、お借りしますよ！」

「あぁっ!?　平地くん、うさぎ跳《と》びは膝《ひざ》を痛めちゃうよ!?　って、そうじゃなくて！　うさぎ跳びのままゴミ箱なんて背負ったらゴミまみれになっちゃう！」

「ふんっ！　ふんっ！　ふっ……社会に出れば、ゴミのような人間関係や理不尽《りふじん》にまみれることもあると聞きます！　今のうちに慣れておくのも悪くありません！」

「たぶんその物理的なゴミにまみれても、社会に出てからの耐性《たいせい》は付かないよ⁉」

◆　◆　◆

「うーん、届かないなぁ。台に乗るにも、この足じゃ…………そうだ！　変身すれ……」

「おっと庄川さん！　お探しの本はこれですかね！　さぁ受け取ってください！」

「あ、うん、あ、ありがとう……でも、そんなに勢いよく取り出しちゃうと……あぁっ⁉」

やっぱり盛大《せいだい》に周りの本が落ちてきたよぅ⁉」

「くっ……大丈夫《だいじょうぶ》です、ここは僕に任せて先に行ってください！」

「す、凄い……！　全身を余すこと無く使うことで全部の本を受け止めてる……！　って、そうじゃなくて！　先ってどこ⁉　……でもなくて！　私、司書の先生呼んでくるからもうちょっとだけ待っててね！」

◆　◆　◆

「はー、雨かぁ。松葉杖《まつばづえ》だと傘差《かさ》しづらいなぁ…………そうだ、変身す……」

「へい、庄川さん！　平地タクシーお待ちです！」

「呼んでないです⁉　いや、さぁ乗れとばかりにしゃがまれても乗らないよ⁉　どうして不思議そうな顔なの⁉　あ、良かった諦《あきら》めて……って、ふぁ⁉　なにするの⁉　ほわぁ⁉　お姫《ひめ》様抱《だ》っこ⁉　ダメダメ、こんなの恥《は》ずかしすぎて死んじゃうよぅ！」

「大丈夫です、庄川さん！　僕の胸に顔を押し当てておけば、ここにいるのが庄川さんであることは周りにバレません！　安心してください、庄川さん！」

「そういう問題じゃないっていうか、別の意味で恥ずか死んじゃうよ⁉　あと、さっきから平地くんがだいぶ大声で名前呼んでるからたぶんもうバレてると思うよ⁉」

◆　◆　◆

「体育は好きじゃないけど、一人で見学は退屈《たいくつ》だなぁ………そうだ、変身……」

「そう言うと思って、僕も見学にしときました！」

「しときましたで出来るものなの⁉　……って、どうしたの⁉　傷だらけだよ⁉」

「ちょっと先生の前でド派手に転んだだけなので大丈夫です！　それより、どうしますか⁉　しりとりですか⁉　〇×ゲームですか⁉　トランプや人生ゲームもありますよ！」

「見学にかける情熱が凄すぎる⁉　だ、駄目《だめ》だよ平地くん！　そんなの持ち込んだら先生に怒《おこ》られちゃう……って、あれ⁉　なんだか凄くみんなから生暖かい目で見られているような気がする⁉　先生まで⁉　どうして、そこまでするなら降参だよもう好きにしやがれ的な雰囲気《ふんいき》で鼻の下を擦《こす》ってるんですか⁉　その、俺にもあんな時代があったなぁ……的な遠い目は何なんですか⁉　あぅあぅ、みんな誤解だよぅ⁉」

◆　◆　◆

「ふぅ……ふぅ……やっぱり、この足で階段はキツいなぁ…………そうだ！　変し……」

「あ、庄川さんそっちにスロープがありますよ」

「ホントだ、ありがと…………………って、普通《ふつう》だ⁉」

「普通にして怒られました⁉」

「そうだね！　ごめんなさい！」

◆　◆　◆

平地護常

などなどなど。

様々な場面で庄川さんが変身しようとする度《たび》、僕はそれを防ぐためのフォローに回った。

…………というか、本当にあらゆる場面で変身しようとし過ぎじゃないですかね庄川さん……どうして貴女、あそこまで躊躇《ちゅうちょ》なく変身しようとしちゃうんですか……そもそも、体育の時に至っては変身してどうするつもりだったんですかねぇ……？

という、苦労の絶えない日々を送りつつも。

僕は、庄川さんとの距離感《きょりかん》が着実に縮まっていくのを実感していた。

◆　◆　◆

庄川真帆

うぅ……日に日に、平地くんとの距離が縮まっていってる気がする……。

というか平地くん、どうしてあんなにグイグイ来るの……？　私と同じタイプだと思ってたのは、完全に勘違《かんちが》いだったの……？

……でも。いつの間にか、それをちっとも嫌《いや》に思っていない自分にも気付いてる。

それどころか、どんどん嬉《うれ》しく思う気持ちが強くなってきてて。

なのに私は、ずっと中途半端《ちゅうとはんぱ》な態度のまま。向き合うって決めたのに、結局何も出来てなくて。もう一度拒絶《きょぜつ》するでもなく、受け入れるでもなく……うぅ、これじゃ『アプローチしてくる男の子をキープするモテモテな私』を気取ってるみたい……だけどこんな経験初めてだから、どうすればいいのかわからないんだよぅ……。

なんて、悶々《もんもん》と考えながら着替《きが》えてたのが悪かったのか。

「わわっ……」

左足を庇《かば》いながら体操服を脱《ぬ》ぎかけていた私は、バランスを崩《くず》して転びそうになった。

「っと」

それを、横から誰《だれ》かが支えてくれる。

「だいじょぶ？　チョーウンさん」

そちらに目を向けると、おっぱいが喋《しゃべ》ってきた。

……じゃなくて。もう少し見上げると、片眉《かたまゆ》を上げる里崎さんと目が合った。

「あ、うん……ありがとう、里崎さん……」

「別にこんくらい、礼を言われる程《ほど》のことでもないって」

そう言って、ニッと笑う里崎さん。格好いいなぁ……ブラウスの前をはだけた状態なのに、誰に恥じることもないって感じで堂々としてるし。

実際、里崎さんのスタイルはかなり凄い方だと思う。ブラに包まれた胸は大きく膨《ふく》らんでて、なのにウエストはギュッとくびれてて。まるでグラビアアイドルの人みたい。

一方の私は……うん、見下ろすのも虚《むな》しいだけだからやめておこう。ほとんどメリハリのない幼児体型なんて、今更確認《いまさらかくにん》しなくてもすっかり見慣れてる。

「んあ？　アタシの身体《からだ》に何か付いてる？」

「うん、とっても立派なのが」

訝《いぶか》しげに自分の身体を見回す里崎さんに、私は気が付けば反射的にそう答えてた。

「はい？」

「う、ううん！　なんでもない！」

眉根を寄せる里崎さんに向けて、慌《あわ》てて首と手をブンブンと振《ふ》る。

一瞬《いっしゅん》首をかしげた里崎さんだけど、すぐに表情を不満げなものに変えた。

「しっかし、足にギプス巻いてる子まで着替えさすたぁ先生も酷《ひど》いもんだね」

「あ、はは……仕方ないよ、決まりなんだし。着替えられないほど酷いわけじゃないし」

苦笑い気味に、そう返す。私のために憤《いきどお》ってくれるなんて……優《やさ》しいな……。

「そ？　まぁでも困ったことがあったら遠慮《えんりょ》せずに言いなよ、チョーウンさん」

「う、うん。ありがとう、里崎さん」

それに、チョーウンさんって……私、ニックネームで呼ばれるのなんて初めて。どういう由来なのかはわからないけど、なんだか可愛い響《ひび》きだしとっても嬉しいな。

……と、そこでふと思いついた。

「あの……里崎さん。それって、怪我《けが》とは関係ないことでもいいかな……？」

◆　◆　◆

里崎翔子

放課後。

アタシは、チョーウンさんと一緒《いっしょ》に屋上前の階段に座っていた。屋上は立入禁止だから、ここはほとんど誰も来ることのない穴場的スポットになってんだよね。人目に付きたくなさそうなチョーウンさんの雰囲気を察したがゆえのアタシチョイスだ。

「で？　相談ってなにさ？」

なんかモジモジと恥ずかしそうに手を動かしてるチョーウンさんに、早速《さっそく》聞く。

「えと……その……男の人のこと……なんだけど……」

オトコぉ？

なんとそりゃ、チョーウンさんから飛び出して来るたぁ思わなかった話題だね……。

「男の人との距離感というか……関係の進め方っていうか……」

聞こえるか聞こえないかくらいの声で、ゴニョゴニョと喋るチョーウンさん。

えー、つまり……。

「好きなオトコのオトし方を聞きたい、ってこと？」

「や、そんな！　好きとかじゃなくて！　ただ、気になるっていうか！」

それを、一般的《いっぱん》には好きと言うんじゃなかろうか……？　それとも、恋愛《れんあい》感情とは別の意味で気になるとか……？　例えばそういう意味じゃ、アタシにとってのヒラチやソラハシなんてのはまさに『好きじゃないけど気になる存在』かな。

ははっ、なんつって。これとおんなじなわきゃないか。

「てかさ、なんでそれアタシに聞くわけ？」

若干《じゃっかん》今更ながらの疑問を投げる。アタシより、もっと仲良《い》い奴《やつ》に聞きゃいいじゃんね？

「あ、その、里崎さんって男の人のこと知ってそうだし……」

うーん……ちょくちょく勘違いされんだけど、アタシのダンセーケーケンって実はゼロなんだよね……男って恋愛対象じゃないっていうか。むしろ、男の恋愛対象は男じゃん？　みたいな？　まぁ、二次元の男に関しちゃ隅《すみ》から隅まで知ってるけどね！

ってなことを、（最初の部分だけ）どうやって伝えようかと悩《なや》んでいると。

「それに、あの、私、里崎さんのこと、えと、友達……じゃ、ないかもしれないけど……その、クラスメイトで……あの……」

チョーウンさんがまだ何か言いたげだったので、とりあえず待つ。

この手の相手は、急《せ》かすと余計にテンパっちゃうかんね。

「あの……その……な、仲間だと思ってるから！」

ほーん？　仲間、ね。

アタシ的にゃ、あんま納得《なっとく》感のない答えだなー。むしろアタシとチョーウンさんじゃ、共通してる部分の方が少なくない？　あり得るとしたら、アタシの隠《かく》してる部分なら可能性はなく……も……な…………ちょい待ち。

まさか。

まさか、それ？

アタシの本性《ほんしょう》が……見抜《みぬ》かれて、る？

◆　◆　◆

庄川真帆

あう……ついつい、「仲間」だなんて言っちゃった……。

なんていうか、友達だなんて言うのはおこがましいから、『クラスメイトの中では仲良くしてもらってる方』的な意味合いを表現したかったんだけど……「仲間」なんて言葉じゃ、印象的に重すぎるよね……えぇとえぇと、他《ほか》の言葉は……。

「……チョーウンさん」

あ、里崎さんとっても怖《こわ》い顔してる⁉　そ、そうだよね！　私なんかに「仲間」なんて言われちゃ嫌だよね！　うん、早く取り消さないと……！

「あ、あの……」

「アタシの本性について、知ってるわけ……？」

あぅ、遮《さえぎ》られちゃった……ていうか、本性って……？　……あ、あれかな？　ちょっと軽そうな見た目に反して、面倒見《めんどうみ》が良くて優しい良い人ってこと……？　だとすれば……。

「う、うん……知ってる、と思う……よ……？」

「そっ……か……」

……あっ、もしかしてまたやっちゃった⁉　よく知りもしない相手から「お前のことをわかってる」みたいに言われたらイラッとするよね！　こ、今度こそ早く訂正《ていせい》を……！

「……そっか」

……って、あれ……？　なんだか里崎さん、スッキリしたような顔してる……？

「いつから気付いてた？」

「あ、あの、ごめんなさい……気付いたの……最近……です……」

私なんかに話しかけてくれて、ニックネームまで付けてくれて……そんな風にしてくれるまで私、正直里崎さんのこと怖い人なんだと思ってたし……。

「最近……か」

えと……里崎さん、これは……苦笑《くしょう》……なの、かな……？

「アタシとしたことが、シクっちゃってたわけか」

えっと……さっきからの里崎さんの態度から察すると……『本性』っていうのを、隠しておきたかった……っていう感じ、なのかな……？　別に、里崎さんが優しくて素敵《すてき》な女の子だって知られて悪いことなんてないと思うんだけど……あ、でも、小悪魔《こあくま》的ポジションを目指してる……とか……？　だとすれば、優しいって要素はマイナスになる……の、かな……？　私には全然わからない世界だけど、そういうものなのかも……？

「あ、あ、里崎さん！　私、このこと言いふらしたりなんて絶対しないから！　うん！」

思い至った瞬間に叫《さけ》んじゃったけど……全然的外れな考えだったら恥《は》ずかしいなぁ……。

「うん、そうしてもらえると助かるね」

あ、でも、正解……だった、ぽい……？

「てか、チョーウンさん的にも言いふらすことなんか出来ないっしょ？」

「う、うん……まぁ、それは……」

言いふらそうにも、喋る相手がいないしね……。

「つまりアタシらは、運命共同体ってわけだ」

運命共同体……!?　意味はよくわからないけど、なんだか凄《すご》く親密な感じがする素敵な響き……！　あ、でも、私は魔光少女になったんだから……あんまり人と関《かか》わっちゃいけなくて……でもでも、たまに相談するくらいの相手ならいたって大丈夫《だいじょうぶ》なんじゃ……それに、私はもうそういうのを言い訳にしないって決めたんだし……。

「ほんで、アレだ。チョーウンさんが気になる相手ってのは、ヒラチのことなわけね？」

「ふぇっ⁉」

な、なんで⁉　なんでわかっちゃったの⁉

「ハッ、なに驚《おどろ》いた顔してんさ。今の流れからすりゃ誰でもわかるっしょ」

そうなの⁉　全然わかんないのって、私だけなの⁉

「わかった、そういうことなら何でも相談してよ」

うん、私は何がなんだかわからないんですけど⁉　なにがどうなって唐突《とうとつ》に私にやたら有利な展開に傾《かたむ》いたの⁉　今何か伏線《ふくせん》とかあったかなぁ⁉

「ま、こうなりゃウチらは同志ってやつだし。よろしくね」

と、里崎さんが手を差し出してくる。

正直、今どういう状況《じょうきょう》なのか全然わからないけど……でも、平地くんとの距離《きょり》をどうにかしたいと思ってるのは本当で……そのためには、男の人とどう付き合っていけばいいのかを知らないといけなくて……里崎さんが、力を貸してくれるっていうなら願ってもないことだから……なんて、自分に言い聞かせて。

「う、うん……よろしく……お願いします……」

私は、おずおずと差し出された手を握《にぎ》り返した。

◆　◆　◆

里崎翔子

ったく……アタシとしたことが、ボロを出しちってたとはね。

ま、正直言うとちょっとだけ自覚もあったんだけど。ここ最近、あまりにソラ×ヒラに興奮しすぎて周りが見えなくなってた瞬間がちょいちょいあったもんなぁ……。

まぁけど、バレたのが同じ嗜好《しこう》を持つ同志たるチョーウンさんで良かった。

とはいえこの業界、どこに地雷《じらい》があるかわからんかんね……細心の注意は必要だ。

「で……チョーウンさんは、ヒラチとの距離をどうにかしたいってわけでいいんだね？」

「えと……うん、そう……かな？」

例えば、早速ここ。推《お》しカプとの望ましい距離感ってのは、人によってかなり異なる。アタシなんかは、完全に傍観者《ぼうかんしゃ》に徹《てっ》したい派だ。いわば、視聴者《しちょうしゃ》。二人の世界に、アタシなんざ存在しなくていい。だから極力、あの二人にゃ関わらないようにしたいと思ってる。けど、『自分も登場人物でありたい』ってな気持ちもわかるところではある。時に相談に乗ってやり、時には自ら嫉妬《しっと》の対象となることで、推しカプの関係を進展させていく立役者に己《おのれ》こそがなりたいと。そして、間近で二人のことを見守りたいと。まぁその手の願望が強い輩《やから》が書く夢小説なんかは女キャラがやたら出しゃばりがちでせっかくの男同士のやりとりが薄《うす》れて結局女を巡《めぐ》る戦いになんてなった日には……うん、だいぶ話が逸《そ》れた。

二次元の話は措《お》いといて。せっかくのナマモノで、しかもここまで身近で発生してんだ。特等席で見たいっつーのが人情ってもんだろう。けどそれは、正味チョーウンさんにとっちゃ少々厳しい道ではある。これがヒラチがモブポジだった頃《ころ》なら、（失礼ながら）似たような位置にいるチョーウンさんにもワンチャンあったと思う。だけどヒラチが　転イケメン路線となってしまった今、チョーウンさんが焦《あせ》るのもよくわかる。

「あの……里崎さん……？」

っと、嗜好に……じゃなくて、思考に没頭《ぼっとう》するあまり無言になっちってた。

「一応の確認《かくにん》なんだけど、ソラハシじゃなくてヒラチの方でいいんよね？」

「？　どうして、ここで空橋くんの名前が出て来るの……？」

なるほど、ソラハシ側は眼中に無しか。流石《さすが》、ちゃんと考えてんね。

実際問題、今からソラハシの近くを狙《ねら》うってのは現実的じゃない。なにせアイツは、名実ともにウチのクラス……なんだったら、ウチの学校の中心とすら言っていいかんね。周りの人間関係は出来上がりきってる上に、少しでも奴に近づきたいって女が跳梁跋扈《ちょうりょうばっこ》する魔境だ。そこにチョーウンさんが挑《いど》むってのは、レベル一で魔王城に挑むに等しい。

反面、ヒラチに関しちゃいわば誰《だれ》も足を踏《ふ》み入れていない雪原。アタシの知る限り、アイツの人間関係は限りなくゼロに等しい。イメチェン効果はバツグンで、奴に狙いを定めてる女子もクラス内外問わずチラホラ見受けられるけど……今は牽制《けんせい》し合ってる状態だ。行くなら今しかないし、逆に言えば今なら一気に距離を縮められる。

そのためには……。

「チョーウンさん、も一個だけ確認」

「な、なに……？」

かなり自信なさげなチョーウンさん。

けど、だからこそアタシは尋《たず》ねなきゃなんない。

「自分を、変える覚悟《かくご》はある？」

ジッと目を見つめながら尋ねる。

それに対して、チョーウンさんは……てっきり、目を逸らすかと思ったんだけど。

「……うん」

意外なほどに強い意志を宿した目で、アタシを見つめ返してきた。

「平地くんが、あれだけ変わってくれたんだもん。私も、ちゃんと変わらないと」

……なるほど、確かに。

推しカプの片割れが、あんなに頑張《がんば》ったんだ。その傍《そば》にいようって女が、生半可な覚悟なわきゃないじゃんね。どうやら、アタシはまだチョーウンさんを見くびってたみたいだ。

「わかった」

なら、こっちも覚悟を決めよう。

「チョーウンさん、全力で行くかんね！」

「は、はい！」

かくして、アタシのチョーウンさん改造計画は幕を開けたのだった。

第6章　各自思惑《おもわく》の錯綜《さくそう》は

庄川真帆

里崎さんに相談した日から、土日を挟《はさ》んだ次の月曜日。

「お、おはよう！　ございます！」

私は、精一杯《せいいっぱい》に声を張りながら教室に入った。いつもは、無言でそっと入っていくだけだもの。こんなことするのは、もちろん初めて。

でも……私、変わるって決めたんだから！

クラスメイトの何人かが私に目を向けてから、興味なさげに視線を戻《もど》して……その全員が、勢い良く私を二度見した。その反応を見て、他の人も不思議そうにこちらへと注目する。それからみんなが顔に浮《う》かべたのは、例外なく驚愕《きょうがく》だった。

一瞬《いっしゅん》シンと静まり返った後に、教室内が大きくざわめく。みんな、私の変わりように驚いているみたい。でも、そうじゃないと困るよね。これでも、一大決心だったんだから。

伸《の》ばしっぱなしだった前髪《まえがみ》は、バッサリとカット。いつも面倒《めんどう》だからって適当におさげにしてたのも、今朝はちゃんと時間をかけてブラッシングして後ろに流してきた。洒落《しゃれ》っ気皆無《かいむ》だった眼鏡《めがね》も、コンタクトに替《か》えた。

これは、もちろん里崎さんのアドバイスに従った結果。「いい？　主人公らの周りにいるようなモブ子ってのは、どんなにモブって設定を与《あた》えられてようがガチのモブじゃない。ちゃんと可愛《かわい》いんよ。紙面のある程度を占《し》める以上、ガチモブってのは許されない。だから、まずは見た目を整えるのが最優先事項《じこう》っしょ」って。正直、喩《たと》えの部分は全然よくわからなかったけど……でも、見た目が重要っていうのは私も賛成だった。こんな私に告白してくれたぐらいだから、きっと平地くんは見た目で女の子を判断したりはしないんだろうけど……でも、その、彼女が可愛いに越《こ》したことはないよね、きっと。

……って、彼女だなんて……！　私、すっかり受け入れる気になっちゃってる……!?　えと、違《ちが》くて、これは、その、仮！　彼女（仮）だから！　今後の態度を決める上で、平地くんの彼女（仮）に相応《ふさわ》しい私になることでより正しい判断をするためだから！

そ、それはともかく……てっきりお化粧《けしょう》なんかもするのかと思ってたんだけど、この時点で里崎さんは「十分だね」って言ってくれた。里崎さんみたいな派手な感じとは全然違う路線。でも、「チョーウンさんはその方がいい」って。私的には、これだけじゃ微妙《びみょう》かなって気がしてるんだけど……だって、髪型を変えて眼鏡を取っただけだよ？　でも、教室のみんなの反応からするとこれでも一応成功……してる、のかなぁ……？

……ううん、だとしても意味ないよね。肝心《かんじん》なのは、平地くんにどう思われるかってことなんだから。あ、いや、その、ちゃんと対等な立場になれるか的な意味でね！

なんて思いを胸に、自分の席に着く。

平地くんは、まだ登校してないみたい。心の準備をする時間が出来て、ちょうどい……。

「おはようございます、庄川さん」

「ふわっ⁉」

って、早いよ平地くん⁉

「あれ、驚《おどろ》かしてしまいましたか……？　すみません」

「あ、いや、あの……！」

「おや？」

不意打ちにあわあわしている私の顔を見て、平地くんは片眉《かたまゆ》を上げた。

「髪、切ったんですね。眼鏡もコンタクトに替えたんですか？　よくお似合いです」

そう言って、ニコリと微笑《ほほえ》んでくれる。

「あ、あ、ありがと……ごじゃましゅ……」

私は、そう返すだけで精一杯。ひ、平地くんに似合ってるって言われちゃった……！

……………あれ？　でも、なんかこう、思ってたのとは違うというか……反応が想定より薄いというか……べ、別に、「庄川さん、なんと可憐《かれん》な！　惚《ほ》れ直しました！　ラヴ！」みたいな反応を期待してたわけじゃないけど……してないよ？　ホントだよ？

そ、そういう反応じゃないにしても……もうちょっと驚き的なものがあってもいいんじゃないかなぁ……とか、思うんだけど……私が、平地くんの変わりっぷりに驚いた時の、せめて半分くらいは……それとも、やっぱり私、あんまり変われてないのかなぁ……？

「おぅおぅヒラチさぁ、アンタなにさその淡白《たんぱく》な反応はよぅ」

私が密《ひそ》かにちょっと落ち込んでいると、里崎さんが横からそんな助け舟《ぶね》を出してくれた。

「チョーウンさん、可愛いと思わん？　誰かさんたちのために変わったオンナノコに、もうちょっとコメントとかないんですかー？」

ちょ、ちょっとフォローが露骨《ろこつ》すぎて恥《は》ずかしいけど……ありがとう、里崎さん。

ただ、誰かさん「たち」って何……？　言葉の綾《あや》かな……？

「はぁ」

平地くん、やっぱり反応薄い……。

「そりゃ、思いますが……」

ですが、何なんだろう……やっぱり、この程度じゃ全然駄目《だめ》ってことかな……？

「庄川さんが可愛いだなんてわかりきっていること、今更《いまさら》それ言及《げんきゅう》する必要あります？」

……ふぇっ⁉

「ふぇっ⁉」

あ、そのまま声に出ちゃった……って、それより……今、なんて……？

も、もう一回言って欲しいかも……なんて……。

「もちろん、今回のイメチェン？　ですか？　で、これまでとまた異なる魅力《みりょく》を見せていただけたのは確かですけれど。庄川さんの可憐さは、何があろうと絶対不変な真理ですからね。まさか、髪型や眼鏡如《ごと》きで霞《かす》むことなんてありえませんし」

ごめ、やっぱりちょっと止めてもらっていい⁉　心臓が保《も》たなそうだから！

「お、おぅ……ヒラチ、意外と凄《すご》いこと言うね……」

ほら、里崎さんも結構引き気味だし！

「凄いのは庄川さんのその愛らしさでしょう？　むしろ僕は、こんな言葉でしか庄川さんのことを表現出来ない自分の語彙《ごい》力の無さに絶望する思いですよ」

止まんないね平地くん⁉

あぅあぅ……そんなに、私のことを……う、嬉《うれ》しいけど、恥ずかしすぎるよう！

「ご、ごめん！　私トイレ！」

結局私は、今度も逃《に》げ出してしまうのだった。

◆　◆　◆

平地護常

あれ、庄川さんが行ってしまった……スイッターを確認してみても世界征服《せいふく》推進機構出現の報は出てないけど……顔が真っ赤だったし、体調が悪いのかな……？　ただでさえ足を怪我《けが》してるのに、変に無茶《むちゃ》してないといいけど……。

「……ヒラチさ」

と、何やらやけに疑わしげな表情で里崎さんが呼びかけてくる。

「念のための確認なんだけど……アンタ、ソラハシのこと好き……なんよね？」

ははっ、何を言うかと思えば。

「そんなの、当たり前でしょう」

なにせ僕とユウくんは、唯一《ゆいいつ》無二の同志なんだから！

「だ、だよね……」

安心したような調子で、里崎さんは自分の席へと戻っていく。僕の交友関係について心配してくれてるのかな……？　あれで里崎さんって、結構面倒見《めんどうみ》いいとこあるし。

なんて考えていると、件《くだん》のユウくんが僕の肩《かた》にポンと手を乗せた。

「今のはグッジョブだったぜ、護常」

「はい？」

何のことかわからず首を傾《かたむ》ける僕だけど、ユウくんはニッと笑って親指を立てただけで行ってしまった。うーん、今朝はなんだか皆《みんな》の反応がよくわからないな……。

庄川さん突然《とつぜん》のイメチェンの理由もよくわからないし。里崎さんは「誰《だれ》かさんたちのため」って言ってたけど……アイドルグループのコンサートにでも行くのかな……？

にしても……これはちょっと、懸念事項《けねんじこう》が増えた感があるな。さっきはあぁ言ったけど、今回のイメチェンで庄川さんの可憐さが非常にわかりやすい形になってしまったのは確かだ。以前から十二分に認識《にんしき》していた僕でさえも、一瞬ドキッとしてしまったほどなんだし。

今後、庄川さんに恋《こい》する男子が続出するのは間違いない。そしてその中には、庄川さんのお眼鏡に適《かな》うお相手もいるかもしれない。恋人が出来たとなればあんまり僕が傍《そば》にいるわけにはいかなくなるだろうし、そうなってくると庄川さんの秘密を守るのに支障が出る可能性が高い。今から、その場合の対策も考えておくべきか……。

まぁ庄川さんの幸せに繋《つな》がるのであれば、恋人が出来ること自体は…………………って、あれ？　なんだか今、胸がズキリと痛んだような……？　僕も風邪《かぜ》かな……？　いけないな、季節の変わり目だし気をつけないと……。

◆　◆　◆

「護常……風が来てるぞ」

以前と同じく、昼休みにユウくんに連れられてのサッカー部室。

開口一番、ユウくんはそんな風に切り出してきた。

「はぁ。風邪ですか」

やっぱり流行《はや》ってるのか。庄川さん、大丈夫《だいじょうぶ》かな……？

「庄川さんのイメチェン、あれは間違いなく護常に向けてのアピールだ」

んんっ？　なぜ急にそんな話に……？　風邪云々《うんぬん》は、枕《まくら》的なものだったのかな……？

まぁ、なんにせよ。

「はは、ご冗談《じょうだん》を。それは流石《さすが》に自意識過剰《じいしきかじょう》ってものでしょう」

なぜ、庄川さんが僕などにアピールする必要があるというのか。

「いや、むしろ護常の自意識の無さが過剰だと思うんだが……」

なぜか呆《あき》れ顔で言ってくるユウくんに、僕はやれやれと首を振《ふ》る。

「では聞きますがユウくん、貴方《あなた》は案山子《かかし》の視線を意識して己《おのれ》の格好を改めますか？」

「君は自分を何だと思ってるわけ？」

「そりゃ、ウーパールーパーの……」

「ごめん、ウーパールーパー二段階下のくだりはもういいわ」

僕の言葉を遮《さえぎ》り、今度はユウくんがやれやれと首を振った。それから、表情を改める。

「護常も、最近庄川さんとの距離《きょり》が縮まってきてるのは感じてるだろ？」

「そうですね。もっけの幸いといいますか、庄川さんには申し訳ないですが彼女の怪我が僕にとって良《い》い方向に働いているのは事実だと思います」

それは僕も実感していることだったので、素直《すなお》に頷《うなず》いた。

「だよな。つまり、会話出来る下地は十分に出来上がったってことだ」

と、ユウくんはニッと笑う。

「あとは、護常の気持ちをちゃんと伝えるだけだぜ。今朝みたいにさ」

気持ち……っていうと、僕が庄川さんの秘密を何がなんでも守るっていう決意を抱《いだ》いてるってことか。他《ほか》に、僕が庄川さんに抱いてる気持ちなんてないわけだし。ただ、今朝にそんなことを伝えた覚えなんてないんだけど……というか、そもそも。

「前にも言いましたけど、それ言っちゃったらマズくないですか？」

「あぁ、護常の言い分もわかるよ」

庄川さんの秘密を『知っていることを知られる』のがNGだろうってことは、やっぱりユウくんも認識してるみたいだ。なのに、どういうことなんだろう……？

「でも、だからこそなんだ」

ユウくんの表情が、更に真剣味《しんけんみ》を増す。

「やっぱ、言葉で伝えるのは大事だと思う。言葉にしてもらうことで、女の子は安心出来るんだ。護常が思う、ギリギリのところまででいい。ちゃんと言葉にしよう」

……なるほど。

「……ユウくん、貴方の言いたいことはよくわかりました」

つまり、こういうことだ。

ぶっちゃけ、庄川さんは僕に不信感を抱いていると！

なるほど、言われてみれば納得《なっとく》出来る……というか、至極《しごく》当然のことだった。なにせ僕と庄川さんは、元々ほとんど接点がなかった関係。庄川さんからすれば、ほぼ見ず知らずの輩《やから》がいきなり「友達になってください」と言ってきたわけで。お優《やさ》しい庄川さんはそれでも受けてはくれたけど、逆の立場に立って考えればこれほど怪《あや》しい存在もない。宗教勧《かん》誘《ゆう》やマルチ商法の線を疑われていても全然おかしくないし、そりゃ避《さ》けられるわけだよ。

むしろ、徐々《じょじょ》にではあっても距離を縮めることを許してくれている庄川さんマジ天使。

確かにここは、僕も一度誠意を持ってある程度の本心を曝《さら》け出す必要があるんだろう。

「ありがとうございます……僕の気持ち、ハッキリと庄川さんに伝えることにします」

「お、その意気だ！　頑張《がんば》れよ、護常！」

「はい、任せてください！」

そう、次に庄川さんと二人になれた時にでもハッキリ伝えよう。

僕が、どんな意図で庄川さんの傍にいたいと思っているのか。

そして……決して変な壺《つぼ》や洗剤《せんざい》なんかを買わせたりするような意図はないですよ、と！

◆　◆　◆

庄川真帆

「実際問題さー。チョーウンさん、どこまで行ったらクリアのつもりでいる？」

昼休み、教室で一緒《いっしょ》にお弁当を食べてた里崎さんがそんなことを言い出した。

えへへ……こんな風に誰かと一緒にお弁当食べるのなんて久しぶり。

「……？　チョーウンさん、聞いてる？」

頬《ほお》を緩《ゆる》める私に、里崎さんが眉《まゆ》をひそめる。いけないいけない……。

「あ、うん、聞いてるよ。でも、何の話？　里崎さんがやってるゲームか何か？」

「いや、それに関しちゃ当然イベントＣＧコンプするまで……って、そうじゃなくて」

意外だな、里崎さんってゲームとかするんだ。でも、しーじーこんぷ？　って、何だろう……？　なんて小さく首を傾ける私の耳に、里崎さんが口を寄せてきた。

「ヒラチとの関係のことだよ」

「あ、うん、そう、そうだよね」

慌《あわ》ててコクコクと頷いて答える。元は私から相談したことで、里崎さんはこんなに真剣に考えてくれてるっていうのに……浮《う》かれてちゃ駄目だよ、私！

「えと……でも、クリアって……どういうこと？」

だけど言葉の意味はわからず、やっぱり私は首を傾けることになった。

「いや、だからさ。ヒラチとの距離、どこまで縮めるつもりなんかって話。朝の件を見るに、ぶっちゃけもう十分に縮まってるんじゃね？　って気がしなくもないんだけど」

「あ、うん……そう、かも……だけど……」

だって、元々平地くんの方からその……告白、してくれたわけだし……あそこまで想《おも》ってくれてるとは思わなかったけど……でも。だからこそ、大事なのは私の方で。

「こんなこと言うと、呆れられるかもしれないけど……私、まだ自分の中にある気持ちが何なのかよくわかってなくて……」

「別に、呆れなんてしないって」

自分を恥《は》じ入る思いで言うと、里崎さんはとても優しい笑顔《えがお》でそんな風に返してくれた。

「誰だって最初はそうなんだよ。自分が抱いているこの気持ちは何なのかって戸惑《とまど》って、あるいは否定しようとする。それは当然のことで、いわば通過儀礼《ぎれい》なんさ。何も恥じることない。むしろ、その葛藤《かっとう》を乗り越《こ》えてこそ気持ちが本物になるってもんだよ」

「そ、そうなんだ……」

流石、凄《すご》く大人の女性って感じ……きっと、恋愛《れんあい》なんて百戦錬磨《ひゃくせんれんま》なんだろうなぁ……。

「まぁでも、手っ取り早く確認したいってなら一つ試《ため》してみてもいいかもね。例えば……そうだな。ヒラチがどっかの女とキスしてる場面を想像してみ？」

言われた通り、想像してみる。

どっかの女と言われてもピンと来なくて、咄嗟《とっさ》に浮かんだのは里崎さんの姿。平地くんと隣《とな》り合ってるのを想像すると、私なんかよりずっとお似合いで……そのまま想像の中で、二人の唇《くちびる》が近づいていって…………それを思うと、私は。

「なんだか、胸がモヤモヤしてズキズキする……かな……」

そう答えると、里崎さんは満足げに頷く。

「なら、確定でいいんじゃないかな」

それから、ニッと笑った。

「チョーウンさんのそれは、愛だよ愛」

「あ、愛⁉」

って、あわわ⁉　思わず叫《さけ》んじゃった……！　慌てて周りを見回すけど……喧騒《けんそう》に包まれた教室内に私のことを気にしている人はいなそうで、ホッと胸を撫《な》で下ろす。

「ま、最初はそんな感じになるよね。アタシもそうだった。でもね、そのうち受け入れられるようになるんよ。あぁ、こういう形の愛もあるのか……ってね」

そ、そうなんだ……里崎さんがどんな恋を経験してきたのかって、とっても興味があるけど……今は、自分のことだけで手一杯《ていっぱい》だな……。

「あと、さっきの話はあくまで仮定だかんね？　ヒラチは簡単に女に靡《なび》くような奴《やつ》じゃないと思うから、そこんとこは安心しなよ」

でも平地くん、あんまりよく知らない私に対して告白してきてくれたんだけど……里崎さんが言うなら、そうなのかな……？

「ま、例外があるとすればマホマホくらい？　なんてね」

ドキッとして、思わず声が出そうになった。

ははは
と笑う里崎さんは明らかに冗談めかした調子で、マホマホの正体に気付いてる感じでは全然ない。危ない危ない、変にリアクションして怪しまれたら大変だからね……大丈夫、私はちゃんとやれる……多少人と関《かか》わったところで、正体を隠《かく》し通せるよ……！

でも、ホント気をつけないとな……今までみたいに、ずっと一人でいるわけじゃなくなったんだから。里崎さんだけじゃなくて、平地くんといる……時……も…………あれ……？　なんだろう、これ……さっきよりもずっと、胸がモヤモヤしてズキズキする……平地くんに正体がバレたら、って考えると……？　どうしてだろう……平地くんにだけは絶対にバレたくないって気持ちが、どんどん強くなってきてる……？

想像が、どんどん変な方向に転がっていく。

魔《ま》法《ほう》の力で、正体を知らない人にはマホマホと庄川真帆は全くの別人に見えるはず。でも平地くん程《ほど》のマホマホ好きだったら、無意識レベルでその類似《るいじ》性に気付けたりするんじゃや？　それで……マホマホに似てるからって理由で、私に告白してくれたんだとしたら。

それは……。

「ちょ、どしたチョーウンさん？」

里崎さんの慌てたような声に、ハッと我《われ》に返る。

「え……？　どうしたって、何が……？」

「いや、急に泣きそうな顔になるからさ。お腹《なか》でも痛い？」

泣きそう……？　なんで私が……。

あぁでも、里崎さんにとっても心配そうな顔させちゃってる……！

「う、うぅん！　なんでもないよ！　ただちょっと、道行く人々に踏《ふ》まれながらもアスファルトで力強く咲《さ》き誇《ほこ》るお花さんたちの生命力に思いを馳《は》せて感動してただけだから！」

「このタイミングで⁉」

ふぅ……どうにか誤魔化《ごまか》せた……。

「……あっ」

安堵《あんど》した拍子《ひょうし》に、重要なことを思い出す。

「こ、今度はどした……？」

「や、別に……お花さんも人を襲《おそ》い返せる世界になればいいなって思っただけだよ」

「どんな思想持ってんの⁉」

なぜか恐《おそ》る恐るって感じで尋《たず》ねてきた里崎さんに、今度も咄嗟に誤魔化す。

里崎さんには申し訳ないけど、今は思い出したことで頭がいっぱいだった。

あっという間に時は過ぎていて、気が付けば左足を骨折してから一週間。

今日で、私の足は完治する。

◆　◆　◆

平地護常

庄川さんに対して、僕の胸の内の想いを告げようと決意した日の放課後。

「……あのね、平地くん」

さてどう切り出そうかと迷う僕の腕《うで》の中で、庄川さんがポツリと呟《つぶや》いた。

雨の中、以前と同じく僕がお姫《ひめ》様抱《だ》っこして庄川さんを運んでいる形だ。以前とは違《ちが》って、今度は何の抵抗《ていこう》もなかった。

というか四日目くらいから、庄川さんは僕が何をしようと抵抗を見せなくなってきた。穏《おだ》やかな表情で全《すべ》てを受け入れる態度は、悟《さと》りの境地に至ったかのよう。見ようによっては全てを諦《あきら》めて目のハイライトが消えた表情とも取れるけど、きっと気のせいだろう。

「ありがとね」

ただ、今の庄川さんの表情は諦め……もとい、悟りのそれともどこか違うように見えた。

「いえいえ、お礼を言うのは僕の方ですよ。僕の筋トレにご協力いただき感謝です」

そう言って軽く腕を上げようとしたけど、正直既《すで》に限界に近かったので一ミリも持ち上がりはしなかった。小柄《こがら》な体格に見合って、庄川さんの体重は実に軽いもの。だけど、軽いとはいっても人間一人なわけで。インドアまっしぐらな僕のヒョロヒョロボディでは、支えるだけでも割といっぱいいっぱいなのだった。

「うん……そういうことにしておくね」

そう言って、庄川さんはクスリと笑う。

「でもね。それでもやっぱり、ありがとう」

いつの頃《ころ》からか庄川さんは、僕と話す時には言葉に詰《つ》まったりしなくなった。

「これは、今のこともそうなんだけどね。もっと、色んなことに対するありがとうなの」

決して大きい声とは言えないけれど、前みたいに消え入るようなか細いものでもない。

「滅茶苦茶《めちゃくちゃ》な行動ばっかりで、正直恥ずかしいと思うことも多かったけど……でも、平地くんが私を助けてくれてること。私、ちゃんとわかってるから。だから、ありがとう」

「あ、いえ、そんな……フヒッ」

まさかこんなにハッキリ面と向かってお礼を言われるとは思ってなくて、挙動不審《ふしん》気味になってしまった。せっかく練習した笑顔も咄嗟に出なくて、キモい笑顔に逆戻《ぎゃくもど》りだ。

「ふふっ」

だけど以前と違って、庄川さんは怯《おび》えることもなく微笑《ほほえ》んでくれた。

「でもね」

その笑顔が、少し曇《くも》る。

「私の怪我《けが》、もう大丈夫《だいじょうぶ》だから」

そこに、寂《さび》しさが混ざったように思えるのは……僕の願望が見せる、幻《まぼろし》なんだろうか。

「明日《あした》にはギプスも取っちゃうし、もう平地くんが気を遣《つか》ってくれなくても大丈夫だよ」

そういえば、魔力がどうたらで一週間くらいで治るんだっけ。今日で、怪我してちょうど一週間か。まぁ、治るなら何より……と、思いかけて。

僕はハタと、とある懸念《けねん》に思い当たった。

「あの……つかぬことを伺《うかが》いますが。その足、軽い捻挫《ねんざ》とかだったのでしょうか……？」

「ううん、骨折だったよ」

その回答に、僕の頬を嫌《いや》な汗《あせ》が伝った。普通《ふつう》、骨折って一週間程度で完治するものなんだろうか？　確か前にウチのお姉ちゃんが足を骨折した時には、ギプスが取れるまで一ヶ月くらいかかってた記憶《きおく》があるんだけど。というか魔力が云々《うんぬん》によって一週間で完治するということは逆説的に、通常はもっと時間がかかることを示しているのでは……？

「ちなみに……その、ギプスを取るというのは病院でやってもらうんですかね？」

「そうだよ？」

何を当然のことを、とでも言いたげな顔をしていらっしゃいますが……庄川さん、貴女《あなた》さては別の当然のことについて気付いていませんね……!?

お医者さんが見たら！　明らかに治るのが早すぎることに気付かれるでしょうがぁ！　貴女致命的《ちめいてき》なまでに言い訳下手なのですし、どこから魔光少女であることがバレるかわからないのですよ!?　いい加減自覚を持ってもらえませんかねぇ!?

という、内心でのツッコミと共に。

「……駄目《だめ》です」

僕は、庄川さんを抱く手に力を込めた。

「ふぇ？　何が？」

不思議そうに首をかしげる庄川さん。

「まだ、ギプスを取っては駄目です。もう少し待ってください」

その目を真っ直《す》ぐ見て、僕は切実に訴《うった》えかける。

「えっ……？　延期するってこと……？　もう少しって、明後日《あさって》くらい……？」

「いえ、出来れば一ヶ月ほど」

「結構『少し』の範疇《はんちゅう》じゃないね!?」

驚愕《きょうがく》の表情を浮《う》かべた後、庄川さんは俯《うつむ》いてしまった。

かと思えば、傘《かさ》を持ってくれている右手に何やらモジモジと左手を絡《から》め始める。

「その……平地くんは、どうしてそんなことを言うの……？」

そして、久々の消え入りそうな声でそんなことを尋ねてきた。

くっ……なるほど、それは至極《しごく》当然の疑問と言えよう。

「それはですね……」

まさか、真実をそのまま伝えるわけにもいかない。それを言ってしまえば、僕が庄川さんの秘密に『気付いている』と『気付かれる』から。

「僕が……」

くぅ、しかしでは何と言うべきなのか……⁉　嘘《うそ》は重ねれば重ねるほどバレやすいと聞くし、なればここは肝心《かんじん》な部分だけを誤魔化してあとは事実を述べるのが最善……⁉

つまり……！

「僕が、出来る限り庄川さんのすぐ傍《そば》にいるための口実がなくなってしまうからです！」

って、僕ぅうううううううううううう⁉　なんでよりによってそこをチョイスしちゃうかな⁉　これじゃ変な下心があって庄川さんに近づいているみたいじゃないか！

いや、確かに今回の件が庄川さんとの距離《きょり》を縮めるいいきっかけになったのは事実ではあるしこれもある種の下心と言えるのかもしれないけども！

「ふぁ……」

庄川さんは真ん丸になった目を一瞬《いっしゅん》だけ僕に向けた後、すぐにまた俯いてしまった。

そうですよね……ドン引きですよね……。

……いや、だけど。ポジティブに捉《とら》えるならば、これはある意味で好機なのでは？

そう考えて、昼休みからこっち練り続けていた言葉を伝えることにする。なぜ、僕が庄川さんの傍にいたいと思っているのか……その、ギリギリまで本心を反映した言葉を。

「すみません……少し、説明させてください」

◆　◆　◆

庄川真帆

「まず、最初に断っておきますが」

出来る限り私のすぐ傍にいたいと言ってくれた平地くんが、真剣《しんけん》な表情でそう続ける。

いや、あの、出来ればちょっと一旦休憩《いったんきゅうけい》を……なんか、心臓が変な風に跳《は》ね回って爆発《ばくはつ》しそうだから……とは、言い出せない雰囲気《ふんいき》だよね……。

「貴女に変な壺《つぼ》や洗剤《せんざい》を買わせたりだとか、そういった意図は僕には一切《いっさい》ありません」

んんっ……？　壺……？　洗剤……？　何の話だろ……？

「その上で、なぜ僕が貴女の傍にいたいと思っているかということなのですが」

どの上なのか全然わからないんだけど……一旦流して聞いた方がいいのかな……？

「それは、貴女の助けになりたいと思っているからなのです」

それは、とても曖昧《あいまい》な言葉にも思えたけれど。

不思議なほどに、スルリと私の心に入ってきた。

「貴女は、自ら孤独《こどく》を選んでいるように見えます」

それは、事実。

私は魔光少女になったんだから、周りを遠ざけないといけないと思ってた。

「けれど貴女は、孤独を望んでいないようにも見えます」

それも……たぶん、事実。

私は魔光少女であることを、自分が一人ぼっちだってことの言い訳にしてた。

一人で大丈夫だって、強がってた。

「僕は、貴女が本当に望むのであればその孤独を邪魔《じゃま》するつもりはありません」

それは、私を『可哀想《かわいそう》』だとか勝手に決めつけるような独善じゃなくて。

「けれど僕には、貴女が一人で大丈夫なようには思えないのです」

それは、私でさえ気付いてなかった私の寂しさに気付いてくれたからこその言葉で。

「だから……もしも、許容していただけるのならば」

私は、なんだか泣きそうになっていた。

「僕を、貴女の傍にいさせてもらえませんか？」

間近で見つめてくる平地くんの顔を見ていると、無限に心臓の鼓動《こどう》が速まっていく。

「僕に、貴女を助けさせてもらえませんか？」

自然と開いた、私の口から。

「……はい」

そんな返答が漏《も》れるのと、同時だった。

突然《とつぜん》……今まで言葉に出来ていなかった感情に、付けるべき名前がわかった。

私が、平地くんに抱《いだ》いている気持ち。

これが、きっと恋《こい》というもので。

私が、マホマホに抱いている気持ち。

これは、きっと嫉妬《しっと》と呼ばれるものなんだと。

私は、自分自身にさえも……ううん、自分自身が相手だからこそ、嫉妬してる。マホマホを好きだって言ってくれる人は多くて、今まで私はそれを誇《ほこ》らしく思って……私が唯一《ゆいいつ》誇れることだと思っていて。『もう一人の私』が評価されれば、それで十分だった。

けど平地くんには、『マホマホ』よりも『庄川真帆』のことを好きでいて欲しい。

『別人』になった私じゃなくて、私自身を愛して欲しい。

だから……平地くんに愛してもらえるような女の子になろうって。

それは、今突然に思い付いたことだけど。

間違《まちが》いなく、私の人生で一番強い決意だった。

◆　◆　◆

平地護常

はい、と答えてくれた後。

「私の傍に、いてください。私を、助けてください」

僕の方を見ながら、庄川さんはそう言って微笑んだ。

「怪我のことなんて、なくてもね」

付け加えられた言葉に、ギクリと顔が強張《こわば》ってしまう。

しまった、確かに今の物言いだとギプスの有無《うむ》は関係なくなってしまう……！　本音に近づけることを重視するあまり、直近の危機に関する言い訳部分が薄《うす》くなりすぎた……！

「でも……平地くんがその方がやりやすいって言うなら、ギプスを取るのも延期するね」

……と思ったら、なぜか急に僕が望む方向に話が転がり始めた……？

「たぶん、私にも……まだ、口実があった方がいいと思うし……」

うーん……？　何を言ってるのかよくわからないし、どういう心変わり……ハッ⁉

そこまで考えて、ようやく気付いた。その理由に……庄川さんの、お気持ちに。

まったく、僕はなんて愚《おろ》かで鈍感《どんかん》なのだろう。ギプス延長を承諾《しょうだく》してくれた理由なんて、一つに決まっているじゃないか。そう……つまり。

庄川さんも、ようやく僕と同じ結論に至ったんだ！

流石《さすが》に、一週間で骨折が完治するのは早すぎると！

ははは、庄川さん。そんなに顔を赤くしてしまって、今まで気付かなかったご自分を恥《は》じているのですか？　なぁに、恥ずかしがることなんてありませんよ。人間、誰《だれ》しも完璧《かんぺき》ではないのです。一つ一つ学び、成長していきましょう。今日気付けた庄川さんは、昨日の貴女より一歩先に進めたはずです。そうして…………って、ただ恥じ入っているだけにしては顔が赤過ぎやしませんか……？　……っ！　こ、これは、まさか……⁉

やはり、風邪《かぜ》を引いているのでは⁉

くっ、ならば一刻も早くお宅まで送って差し上げねば！

……だというのに、僕は……！

「……すみません、庄川さん」

「ふぇっ⁉　ど、どうしたの？　急に……」

僕は、なんて無力なんだろう……！

「僕には、この時間を早々に終わらせるような真似《まね》は出来そうにありません……！」

正直、こうして抱《かか》えて歩いているだけでかなり限界に近いんだ……腕《うで》も足もめっちゃプルプルいってるし……走ることはおろか、これ以上歩くペースを速めることさえ到底《とうてい》出来そうにない……！　庄川さん、無力な僕をお許しください……！

「そ、そんなの……」

庄川さんが僅《わず》かに顔を俯けて、上目遣《うわめづか》いにこちらを見る。

「私だって、望んでないよ……」

「そうですか……」

なるほど……考えてみれば、ここで走ったりすれば余計雨に濡《ぬ》れてしまうもんね。

これは、僕が浅はかだった。

「で、あれば……もう少し、僕の方に身を寄せてください」

「う、うん……わかった……」

身体《からだ》を強張らせながらも、庄川さんは僕の言った通りその身を密着させてくる。

「これで、いいかな……？」

「はい、そうですね」

傍《はた》から見れば、仲睦《なかむつ》まじく抱《だ》き合っているカップルのように見えるかもしれない。だけど、これは決してそんな甘酸《あまず》っぱいものではなく。これが、庄川さんを極力雨から遠ざけるためのベストな体勢なのだ。庄川さんが僕の首に腕を回してくれたおかげで、腕への負担も少しは減った。体勢を変えた拍子《ひょうし》に、傘から垂れた水滴《すいてき》が庄川さんを濡らしてしまったのは計算外だったけど…………って、ちょっ⁉　胸元《むなもと》が濡れたせいで、その、胸部をガードするアレ的なアレが透《す》けて……⁉　……いやいや、心頭滅却《めっきゃく》せよ！　そこに目を向けるな！　幸い僕の身体で隠《かく》れる形になって、周りからは見えてないはず……！　このまま、誰にも見られないよう送り届けるんだ！

男、平地護常……！　守ると決めたからには、守り抜《ぬ》いてみせよう……！

庄川さんの秘密も！　健康も！　あと、胸部をガードするアレ的なアレも！

第7章　休日逢瀬《おうせ》の展開は

里崎翔子

昨日に引き続きの、チョーウンさんとの昼ご飯の席。

「里崎さん。私、わかったよ」

チョーウンさんが、何やら決意に満ちた表情でそんなことを言ってきた。

「私の気持ち……昨日、里崎さんが言ってた通りだった」

おっ、自覚したか。その気持ちが、愛……男同士のアレコレを愛する気持ちなんだと！

にしても、意外と早かったな。アタシの時は、一週間くらい思い悩《なや》んだもんだけど。こ
の思い切りの良さ……もしかすると、アタシの想像を超《こ》える逸材《いつざい》なのかもな。

「それでね。私、もっとこの関係を進めたいと思ってるの。もっと……今度こそ、私から
動いて。だからまた、アドバイスお願い出来ないかな？」

「ふっ……」

アタシは、弟子《でし》の成長を見守る師匠《ししょう》の気持ちで穏《おだ》やかに笑った。

つい昨日まで自分の気持ちさえ自覚してなかったヒヨッコが、あの二人の関係を積極的に進めるために動きたいなんて……ホント、大した急成長じゃんか。

「もちろん、任せなよ」

だからアタシは、先達《せんだつ》として出来る限りのことをしてあげようと思う。まぁアタシ的には、二人がゆっくりと愛を育《はぐく》んでいく姿を見守るのも良《い》いと思ってたんだけど……やっぱ、最初はガンガン進展していくのが見たいって思うよね。

「ほんじゃ、チョーウンさん。ヒラチに積極的にアプローチをかけていこう。たとえ拒否《きょひ》られようと、図々《ずうずう》しいくらいにグイグイいくんだ」

古今東西、恋敵《こいがたき》ってのは愛を燃え上がらせるための燃料だ。ま、本音を言えばその役も男ってのが一番美味《おい》しいんだけど……生憎《あいにく》、アタシの知る限りあの二人以外にそういう恋愛観《れんあいかん》を持ってる奴《やつ》はいない。それに、女が恋敵になるってのも王道ではあるしね。やっぱりアイツは、俺なんかじゃなくて女と一緒《いっしょ》になるのが幸せなんじゃないか……そんな葛藤《かっとう》を抱えるソラハシ。一度は身を引こうとするも、それでも消えない想《おも》い。そして、最後には気付くんだ。人になんて言われようと、アイツを一番幸せに出来るのは俺だ！　何があろうと俺が幸せにしてやるんだ！　そうして、最後は幸せなキスを……うへへ……。

「さ、里崎さん？　お腹《なか》すいたんだったら、私に気を遣わずどんどん食べてね……？」

っと、またヨダレが垂れかけてた。

「いや、大丈夫《だいじょうぶ》。それより……出来る？」

表情を改めて、尋《たず》ねる。

ハッキリ言ってしまえば、この筋書きだとチョーウンさんはお邪魔虫《じゃま》、当て馬、敗北者ポジ。何より……自分が応援《おうえん》しているはずの二人の仲を、己《おのれ》こそがかき乱すんだ。わかっていても、辛《つら》さを感じることになると思う。

本来であれば、アタシがその役割をこなすべきなのかもしれない。先輩《せんぱい》として、まずはお手本をってやつだ。けど、如何《いかん》せんアタシじゃクラス内で『軽い』ポジションを確立しすぎてる。ヒラチにちょっかいかけたとこで、本気とみなされない可能性が高い。

反面、現状においちゃチョーウンさんほどの適役は他《ほか》にいないとさえ言える。結果的にではあるけど、ソラ×ヒラに近づこうとしての努力がこの上ない伏線《ふくせん》として機能するからね。なにせ、クラスの目立たなかった女子が急に垢抜《あかぬ》けたんだ。ここで更《さら》にヒラチへとアプローチをかけりゃー、傍から見れば『気になるあの人のために一念発起《ほっき》のイメチェン』ってな感じに映ることだろう。タイミングとしても、今ならこの上ない。

あとは、チョーウンさんの覚悟《かくご》次第《しだい》だけど……。

「もちろん、やるよ」

ふっ、そうだよね……もう、覚悟完了《かんりょう》って顔してたもんな。

「オッケ、そんじゃあ具体的な策だけど……」

◆　◆　◆

庄川真帆

平地くんに『庄川真帆』をもっと好きになってもらうために、積極的にアプローチする。

そんな当たり前のこと、言われるまでもないよ。

……って、言いたいとこだけど。今までの私だったら、言われて初めて気付いただろうし凄《すご》く慌《あわ》ててたと思う。だから里崎さんの言葉は、とってもありがたかった。私自身、自分の気持ちが揺《ゆ》るぎないことを確認《かくにん》出来たから。きっと、里崎さんはこのことまで見越《みこ》して聞いてくれたんだな……流石は、アラ高の恋愛マスター（私内認定）だよ。

そんな想いを胸に、私は鼻息も荒《あら》く里崎さんから具体的な策を聞く。

平地くん……絶対に、今よりもっと私に惚《ほ》れさせちゃうんだからね！

……なんて、息巻いていた私だけど。

◆　◆　◆

「平地くん、お昼ご飯一緒に食べない？」

「はい、喜んで」

「……あ、平地くんのお弁当とっても美味しそうだね。お母さん、お料理上手なんだ？」

「あぁいえ、お恥ずかしながらこれ僕が作ってるんです。母は仕事で朝早いもので」

「え、あ……そうなんだ……」

「どうしました？　微妙《びみょう》そうな顔をなさっているようですが」

「う、ううん！　なんでもないよ！」

うう……明らかに私より平地くんの方がお料理が上手《うま》い……『お弁当を作ってあげて女子力アピール作戦』、やる前から失敗だよ……。

◆　◆　◆

「おはよう、平地くん」

「おはようございます、庄川さん」

「あのね、今日の私……」

「今日はポニーテールなんですね。よくお似合いですよ。そのネイルも可愛《かわい》いです。あ、それに前髪《まえがみ》二ミリくらい切りました？　あと、シャンプーもいつもと香《かお》りが違《ちが》いますね。ただ、ちょっと寝不足《ねぶそく》ですか？　薄《うす》く隈《くま》が出来ていますよ？」

「ちょっと洞察《どうさつ》力凄すぎない!?　普通《ふつう》この一瞬《いっしゅん》で収集出来る情報量じゃないよね!?」

「はは、このくらい。いつも庄川さんのことを見ていれば気付いて当然ですよ」

「あぅ……あ、ありがと……」

うぅ……『ちょっとした変化でドキッとさせちゃおう作戦』失敗……いやこれ、失敗……なのかな……？　一応気付けてはもらえたわけだけど……でも、あんまりドキッとさせた感がないというか……むしろ私の方がドキドキしてるというか……。

◆　◆　◆

「ね、ねぇ平地くん。私、アクセサリーとかプレゼントして欲しいなぁ……なんて……」

「なんと。お任せあれ……と言いたいところですが。予算の都合上、手作りになってしまいますが構いませんか？　シルバーアクセサリー辺りを考えているのですが」

「あ、平地くん手先がとっても器用だもんね。むしろ、手作りの方が嬉《うれ》しいなぁ」

「承知です。では、まずは銀の採掘《さいくつ》からですね」

「そこからなの！？　ちょっとDIYが過ぎない！？」

「ご安心を。採掘や精錬《せいれん》については、通信講座『一から始める銀加工』で習得済みです」

「まだそこの心配を思いつく段階にまで至ってなかったんだけど、それはそれとして普通そこは一のだいぶ前に設定されるとこだよね⁉ その通信講座は誰《だれ》をターゲットとしていて、平地くんはなぜそれを受けようと思ったの⁉」

「こんな日が来ることもあるかと思いまして」

「状況《じょうきょう》想定能力が高すぎる⁉ ご、ごめんさっきのは冗談《じょうだん》！ 全然アクセサリーとか欲しくないから！ だから休学届への記入を止《や》めて⁉ というか、どうして休学届がサラッと机の中から出てくるの⁉」

「こんなこともあろうかと」

「自分の人生にどういうことが起こるかを想定して日々生きてるの⁉」

ううう……『おねだりで小悪魔感を出そう作戦』失ぱ……ていうか、むしろ成功しすぎちゃって駄目！ これ禁じ手！

◆ ◆ ◆

「あ、あー……なんだか歩くの疲《つか》れちゃったなー……」

「なるほど、平地タクシーをご所望《しょもう》というわけですね？」

「ごめん、やっぱり無茶苦茶《むちゃくちゃ》元気有り余ってました」

「なぜ急に真顔に⁉」

うぅ……『甘えん坊《ぼう》な可愛い一面を見せちゃおう作戦』失敗……というか、平地くん普段から私を甘やかしすぎ問題のせいであんまり意味ない気がする……。

◆　◆　◆

などなどなど……私の行動は、尽《ことごと》く空回りに終わってしまった。

というか平地くん、隙《すき》がなさすぎない……？　もうちょっとこう、女の子の方からアプローチ出来る余地を残しておいてくれると助かるんだけど……。

なんて思ってるうちに、瞬《また》く間に一ヶ月が過ぎ去って。流石《さすが》に私のギプスも取らざるをえなくなって、平地くんと一緒にいられる口実も減っちゃった……ううん、駄目《だめ》駄目。そんなのに頼《たよ》るんじゃなくて、ちゃんと自分から行動するんだって決めたんだから。

「んじゃあ、次は色仕掛《いろじか》けとかどうよ？　一周回って王道じゃん？」

結局、作戦は里崎さん頼りなんだけど。今もこうしてお昼休みに……って。

「色仕掛け……？」

想定してなかった単語に、思わず首をかしげる。

「うん、例えば……こんな感じでね？」

と、里崎さんはグイッとブラウスを引っ張っていつも以上に胸元《むなもと》を開いた。それからハンカチを床《ゆか》に落として、上半身を屈《かが》めて拾……って、ふわっ⁉

「ちょ、腕《うで》に圧迫《あっぱく》されて凄いことになってる谷間が見えちゃってるよ⁉」

思わず辺りを見回しちゃったけど、ここは屋上前の階段。里崎さんオススメの穴場的スポットだけあって、誰の視線もない。ふぅ……私の方が焦《あせ》っちゃったよ……。

「いや、だから見せてんだってば」

呆《あき》れ顔で上半身を起こす里崎さん。

「な、なるほど、今のが……！」

まさか、ハンカチを拾うだけでこんなに威力《いりょく》の高い絵面《えづら》を作り出せるなんて……！

「まー問題は、ヒラチに女の色香《いろか》ってのが通じるのかってとこだけど……」

里崎さんの目が、感心する私の胸元辺りに降りてくる。

「……逆に、アタシがやるよりゃ効果見込めっかもね」

う……どういう意味だろう……いや、大体わかるけど……。

そ、そうだよ！　ヒラチくんの方から私に告白してくれたんだし、私みたいな体型が好

みな可能性はあるはず！　ポジティブに考えよう！

よーし！　色仕掛け作戦、決行しちゃうよ！

「まぁ、駄目でも落ち込まんようにね」

……なんだか里崎さんからは、失敗前提なような空気を感じなくもないけど。

け、決行しちゃうからね！

◆　◆　◆

平地護常

「ここに、荒雅山上ランドのペアチケットがある」

放課後。帰り支度《じたく》を整えてた僕に対して、ユウくんがニヤリとした笑《え》みと共に話しかけてきた。その指には、言葉通り荒雅山上ランドのチケットが二枚挟《はさ》まれている。

ちなみに、荒雅山上ランドっていうのは……まぁそのまんまなんだけど、我が荒雅市にそびえ立つ荒雅山の頂上に存在する遊園地の名前だ。

「はぁ、そうですね」

「反応うっす!?」

僕が普通に返すと、ユウくんは何やら驚愕《きょうがく》した様子を見せた。

ふぅ……やれやれ、まったく困ったお方だ。

「な、な、な、なんですってぇぇぇぇぇぇぇぇぇぇぇ!?　そ、それが伝説の……!?　おしまいだぁ……もう、世界はおしまいだぁ……！」

僕は仰《の》け反って椅子《いす》からずり落ち、生まれたての子鹿《こじか》の如《ごと》くプルプルと四肢《しし》を震《ふる》わせた。

「いや、そういう反応を期待してるわけでもなくてさ……」

ユウくん、今度はドン引きの様相である。

「なんですか、僕のリアクション芸を試《ため》したかったのではないのですか？」

椅子に座り直し、フラットな表情で尋《たず》ねた。

「それを試して俺に何のメリットがあるんだよ……」

「マネージャとして、担当の引き出しを確かめるのは重要かと」

「俺いつの間にかマネージャになってた!?」

目を剝《む》いて驚《おどろ》きを表現するユウくん。

実際、この人の方がリアクション芸の引き出し多そうだよね。

「それで、そのチケットがどうしたんです？」

とりあえず、話を本筋に戻《もど》す。

「彼女が多すぎて一緒《いっしょ》に行く相手が決まらないので相談に乗って欲しい、とかですか？」

「どんなイメージだよ俺……彼女なんて一人もいないっての」

おや、それは意外。流石に複数人っていうのは冗談だったけど、一人もいないとは。

「じゃなくて。これ……福引で当たったやつなんだけど、護常にやるよ」

と、ユウくんはチケットを僕の机の上に置いた。

「つまり、僕と一緒に遊びに行きたいということですか？」

「それも面白《おもしろ》そうだけど、今回はそうじゃなくてさ」

「なるほど。では、僕が一人孤独《こどく》に遊園地を楽しむ様を陰《かげ》から観察したいと」

「何がなるほど!? どんな陰湿《いんしつ》な楽しみ方だよ!?」

違うのか……今の予想は結構自信があったんだけど。

「そういうんじゃなくて……わかんないかなぁ……？」

小さく首をかしげた後、ユウくんは僕の耳に口を寄せる。

「これで、庄川さんをデートに誘《さそ》いなってこと」

そして、そんなことを囁《ささや》いた。

「はいぃ？」

僕は、盛大《せいだい》に眉《まゆ》をひそめる。

僕と庄川さんがデート？　どこからそんな発想が出て来たんだろう？　僕らがそんな仲じゃないことは、ユウくんも知ってるはずで……待てよ？　もしや、「デート」というのは隠語なのでは？　万一誰かに聞かれてしまった場合、その方が言い訳しやすいし。

つまり、ユウくんはこう言いたいのではなかろうか。

これを、休日に庄川さんと一緒にいるための口実とせよ！　……と。

実はこの点、僕はこれまでノーガード戦法が過ぎた。休日においては、ただただ庄川さんのお宅（骨折騒動《そうどう》の時に何度も送り迎《むか》えしたので把握《はあく》済み）に張り込み、庄川さんが出かければ付いて回って有事の際にはフォローに回る、という方式を取っていたのだけれど。

この方法には、あまりに大きすぎる欠点がある。

そう……ザ・ストーキング・オブ・ストーキング！

非の打ち所しかない、完膚《かんぷ》なきまでのストーキング行為《こうい》に他《ほか》ならないのだ。一応目撃《もくげき》されないよう気を遣《つか》ってはいるけど、通報された日には補導不可避《ふかひ》。その可能性は認識《にんしき》しつつも、他の方法が思いつかなかったから止むを得ず採用せざるをえなかったんだけど……。

休日に遊びに誘うことで、一緒に過ごす。

まさか、そんな手があろうとは……！　まさしくコロンブスの卵的発想……！　目から鱗《うろこ》が落ちた思いだ……！　流石ユウくん、出来る男は発想が違う！

「いや、すみません……なるほど、承知しました」

僕は、口元に小さく笑みを浮《う》かべる。

「ありがとうございます、ユウくん。君が同志で本当に良かった」

そして、心からの感謝を込めてユウくんの手を握《にぎ》った。

「はは、大げさだって」

ユウくんは、照れくさそうに笑って頰《ほお》を搔《か》く。

「後は任せてください……！　ユウくんの協力、決して無駄《むだ》にはしませんよ！」

「おっ、その意気その意気。頑張《がんば》れよ～」

ユウくんの声援《せいえん》を受け、僕は力強く立ち上がった。

今の時間、庄川さんは図書委員のシフトに入ってるはずだ。いざ、向かうは図書室。

「……？」

教室を出る前に、何とは無しにふと振《ふ》り返って気付く。

なんか、里崎さんが凄《すご》いこっち睨《にら》んでるんだけど……顔が赤くて、鼻息が荒《あら》くて……お、怒《おこ》ってるのかな……？　僕、何か気に障《さわ》るようなことしちゃったんだろうか……？

◆　◆　◆

里崎翔子

はいキマシター。デートのお誘いキマシタワー。

会話はイマイチ聞き取れなかったけど、遊園地のチケット渡《わた》すなんてデートのお誘い以外にありえんよね。いいよ……効いてるよ、チョーウンさん……なんか上手《うま》くいってないって落ち込んでたみたいだけど、全然そんなことないって。現にこうして、思わぬライバルの出現に焦ったソラハシからアプローチしてきてるじゃんか。グッジョブ過ぎるわ。

ふふ……ヒラチの耳元で、ソラハシはなんて囁いたんだろうな。

やっべ、想像するだけでめっちゃ捗《はかど》るわ……。

◆　◆　◆

庄川真帆

図書委員の仕事も終わって、いざ決戦の時。

ブラウスのボタンは外した。内側にクルクルって巻いて、スカートだって短くした。

ふふ……スカートのことまでは言われてないけど、里崎さんを真似《まね》しちゃった。見て盗《ぬす》む、ってやつだね。いいよ私、成長してるよ……！　スカート短くする方法、これで合ってるのかよくわからないけど……たぶん大丈夫《だいじょうぶ》だよね！

よーし、あとは平地くんの前に…………って、あれ……？　よく考えたら、平地くんもう帰っちゃってるかな……？　ま、まぁいいや。教室覗《のぞ》いて、いなかったら……。

「どうも、庄川さん」

「ふぁっ⁉　平地くん⁉」

図書室を出たところで今まさに思い浮かべていた顔と出会って、思わず叫《さけ》んでしまった。

「っと、すみません。驚かせてしまいましたか？」

「あ、う、うぅん！　大丈夫だよ！」

申し訳なさそうな平地くんに向けて、慌《あわ》てて首と手を横に振る。

……って、動揺《どうよう》してる場合じゃないよ！　今こそがまさにチャンス！

ポケットからハンカチを出して……！

「あ、あー、落としちゃったー」

う、我《われ》ながら演技が大根……けど、始めちゃったからには突《つ》き進むだけだよ！

あとは、上半身を屈めてハンカチを……。

「っと、危ない」

おっとぅ？　床《ゆか》に落ちる前に、平地くんにナイスキャッチされちゃったぞう？

「どうぞ、庄川さん」

「あ、はい……」

はい！　色仕掛《いろじか》け作戦、やる前に失敗です！

「あれ？　ブラウスのボタン、外れてますよ？」

「あ、はい……」

しかも、普通《ふつう》に指摘《してき》されちゃうと凄い恥《は》ずかしい！

うぅ……平地くん、全然動揺した様子もないし……やっぱり、私が色仕掛けっていう時点で無理があったんだね……里崎さんが全面的に正しかったよ……。

「今、ちゃんと留めるね……」

今更《いまさら》な気もしなくはないけど、目の前でボタンを留めるのもなんだか恥ずかしい気がして平地くんに背を向ける。

「……ぶっ⁉」

うん……？　平地くん、今の声は何だろう……？　噴《ふ》き出した……？　のかな……？

「あの……庄川さん、スカートの後ろも……その、直された方がよろしいかと……」

……？　スカートの後ろ……？　別に、何とも無……あれ？　ていうか……スカートの感触《かんしょく》自体が、無い……？　…………………ファッ!?　スカート上げる時に、後ろの方完全に巻き込んじゃってた!?　パンツ丸見えになっちゃってるよ!?　せ、せめてもっとセクシーな下着だったら……！　……いや、どっちにしろ駄目《だめ》だよね……これじゃ、どんな下着だろうと面白枠《わく》にしかならないよ……そりゃ、平地くんも笑っちゃうわけだよね……。

◆　◆　◆

平地護常

ビ、ビックリして思わず変な声が出てしまった……！　ボタンの件まではギリギリ平静を装《よそお》えたけど、流石《さすが》にあれは無理……すぐに目を逸《そ》らしたのに、縞模様《しまもよう》のパンツが脳裏《のうり》に焼き付いて……いやいや！　忘れろ僕！　今すぐ別のことを考えて上書きするんだ！　えーとえーと……庄川さんの足が綺《き》れ……じゃなくて！　胸元《むなもと》も、思ってたより色気が……でもなくて！　いや、でも、なんだ……！　あれだよね！　ギリセーフだったよね！　あのままハンカチを拾われてたら、僕の視界に更にとんでもないものが飛び込んでくるところだったよ！　いやもちろんそうなったところで僕が庄川さんに邪《よこしま》な感情を抱《いだ》くなんてありえないわけだけどそんなものを見てしまった日にはいずれ現れる庄川さんの彼氏となるお方に申し訳が…………………うぅん？　また、この胸の痛みだ。最近ちょくちょく発生するんだけど、変な病気だったらやだなぁ……一回検査とか受けた方がいいのかな……？

「えと、あの、それで……平地くん、こんなところでどうしたの？」

迷子《まいご》になりかけてた思考が、そんな声を受けて現実へと引き戻《もど》される。

庄川さんはもうこちらを向いていて……よし、ブラウスはちゃんと第一ボタンまで留まってて、スカートも平常通り。やっぱり庄川さんはこうじゃないとね。というか、庄川さんでもうっかりボタンが外れちゃったりスカートが捲《めく》れちゃったりすることとなんてあるんだな……いや、むしろうっかりさに定評がある庄川さんだからこそと言うべきか……。

「平地くん？」

「あ、はい、すみません」

いけないいけない、目的を思い出せ。目的……目的……？　あれ、なんだっけ……!?

いやなんだっけじゃないよ、荒雅山上ランドだよ！　落ち着け僕、庄川さんを待ってる間に散々シミュレートしたじゃないか！　まずは荒雅山上ランドがいかに素晴《すば》らしい施設《しせつ》なのかという点について仔細《しさい》にプレゼンテーションして、庄川さんの荒雅山上ランド行きたい欲《よく》が最大限に高まったところでたまたまチケットを持っていたことを思い出した風に誘《さそ》うという完璧《かんぺき》に自然なプランを！　今こそ、実行に移す時！

「庄川さん！　荒雅山上ランドをご存知ですか⁉」

「ふぇっ……？　あ、うん、知ってはいるけど……」

よし、なら話は早い！　最初のシークエンスとして想定してた、荒雅山上ランドの成り立ちについてのくだりは飛ばすことにして……！

「今度の日曜、僕と荒雅山上ランドに行きましょう！」

……………………って、飛ばしすぎたぁ⁉　これもう最終シークエンスだよ！

馬鹿《ばか》か僕は！　いきなりこんなこと言っちゃったら、本当にデートに誘ってるみたいじゃないか！　えぇとえぇと……よし、今からでもプレゼンの流れに……！

「うん、喜んでっ」

そもそも荒雅市は荒雅山の麓《ふもと》に暮らしていた人々の集落に端《たん》を発しておりその名は山に住むと言われた荒々《あらあら》しくも雅《みやび》なる神々が……って、違《ちが》う！　これ荒雅市の成り立ちのくだりだ！　じゃなくて……………………んんっ？　庄川さん、今なんと……？

「誘ってくれてありがとう、凄く楽しみ」

あれ、なんか普通に受け入れられてる……？　もしかして記憶《きおく》が飛んでるだけで、実は僕ちゃんとプレゼンこなしてたとか……？

「それじゃ日曜、よろしくね！」

そう言って、庄川さんは身体《からだ》を翻《ひるがえ》して廊下《ろうか》を歩いていく。

「あ、はい、こちらこそ……」

それを見送る僕は、たぶん大層な間《ま》抜《ぬ》け面《づら》となっていたことだろう。

◆　◆　◆

里崎翔子

「ヒラチからデートに誘われたぁ⁉」

帰り際《ぎわ》にチョーウンさんから誘われての、屋上前の階段。

開口一番の報告に、アタシは思わず素っ頓狂《とんきょう》な声を上げてしまった。

なにせ、何がどうなってそうなったのか一切《いっさい》わかんない。

「うん。荒雅山上ランドに、今度の日曜」

まさかヒラチ、ガチで浮気《うわき》しようって算段……？　そんな奴《やつ》とは思えないけど……。

「えへへ……これも里崎さんのおかげだよ。それでね、当日のこととか相談したくて」

ほんで、チョーウンさんが妙《みょう》に嬉《うれ》しそうなのも解《げ》せない。チョーウンさん的にも、マジにヒラチに言い寄られても困るだろうに。アタシのおかげってのもよくわからん……。

……待って？　まさか、そういうこと⁉

チケットを渡す時にソラハシがヒラチに囁《ささや》いた言葉……それこそが、チョーウンさんとデートに行けって指示だったんじゃ？　ソラハシがウチらの狙《ねら》いに気付いてて、それを最大限利用してやろうと画策した……って考えると辻褄《つじつま》が合う。チョーウンさんのアプローチに対して、ヒラチは少なくとも明確な拒絶《きょぜつ》は示してない。ソラハシとしては当然面白《おもしろ》くなく……ここまでは、アタシらの狙い通りだ。けど、ソラハシは可愛《かわい》く嫉妬《しっと》なんてしてあげない。むしろ焚《た》き付けた。当然ヒラチは戸惑《とまど》ったと思う。もしや、自分の気持ちを疑われたんだろうか？　必死に言い訳しようとするも、ソラハシはそれすら許さない。ただ、あの女ともっと一緒《いっしょ》にいろとだけ言う。あえて突き放す、ってやつだ。不本意ではあっても、ヒラチはソラハシの指示には逆らえない。もう、身も心もソラハシに支配されてんだからね。そうして、ヒラチはチョーウンさんとのデートに挑《いど》む。チョーウンさんもいい奴にゃ違いないから、まぁそれなりには楽しめるだろう。もしかしたら、チョーウンさんと付き合った方がいいのかとも考え始める。けど、どうしても物足りなさは拭《ぬぐ》えない。そして、改めて自分の中でのソラハシへの愛の大きさに気付くんだ。そうすれば、もういてもたってもいられない。ソラハシの元へと走るヒラチ。余裕《よゆう》の態度でそれを受け入れるソラハシ。その夜の二人はいつも以上に燃え上がり……！

「あ、あの、里崎さん？　ヨダレ……」

チョーウンさんの声に、ハッと我に返る。いつの間にか、チョーウンさんはアタシに向けてティッシュを差し出していた。

「うん、あんがと」

ありがたく受け取って、口元を拭う。

にしてもチョーウンさん、アタシより遥《はる》かに早くこの裏事情に気付くとは……いや、アタシはチョーウンさんの言葉がなきゃ気付けなかったかもしれない。もしかすると、もうとっくにアタシなんかよりも上の段階に至ってるのかもね。

「ふっ……チョーウンさん。認めるよ、アンタ本物だ」

「えっ、むしろ今まで私偽物《にせもの》だと疑われてたの……？　私の偽物が出回ってるの……？」

「オッケ、状況《じようきよう》はわかった。なら日曜は、ヒラチをオトすつもりでいかんとね」

なにせ、チョーウンさんが魅力《みりよく》的であればあるほどヒラチの中での気持ちの揺《ゆ》れ幅《はば》は大きくなるはずだかんね。まんまとソラハシに利用される形にはなるけど、結局目指すところは同じだし。ウィンウィンの関係ってやつだ。

「えと、うん……それはいいんだけど、私の偽物についてもう少し詳《くわ》しく……」

「全《すべ》てはチョーウンさんに懸《か》かってんだし、気合い入れていこう！」

「あ、はい……」

いやぁ、月曜になってあの二人がどんだけ親密になってるのか。今から楽しみだなー！

◆　◆　◆

庄川真帆

里崎さんからのアドバイスを受けて、服も一緒に選んでもらって。その……下着も、新しいのを買って。や、あの、念のためだから！　ほら、今度は何かの拍子《ひょうし》に見えちゃっても大丈夫《だいじょうぶ》なように！　別に、全然、見せることなんて考えてないけど！

……と、ともかく。いよいよ迎《むか》えた、デート前日の土曜日の夜。

準備は万端《ばんたん》！　と意気込んでた私だけど、ふと思い立って。

「ヂュウ……！　マスコット妖精《ようせい》にはお風呂《ふろ》なんて不要だと言ったはずでヂュウ……！」

「いいからいいから！　ほら、お風呂はとっても気持ちいいよ～？」

なんて言い合いながら、チュウを半ば無理矢理《むりやり》にお風呂に入れていた。

「真帆～？　お風呂で何暴れてるの？　あと、変な声が聞こえた気がするんだけど……」

「ふぇっ!?　な、なんでもないよ！　あの、ほら、今度学校でモノマネ披露《ひろう》しようと思っ

て練習してたの！　チュ、チュウ！　みたいな⁉」

「そう……？　若い子の流行《はやり》はわからないわねぇ……？」

ふぅ……どうにかママのことは誤魔化《ごまか》せたみたい……。

「もう……静かにしててよ、チュウ。パパやママにバレたらどうするの？」

チュウの口の前で人差し指を立てて注意する。

まったく、私がマホマホだってことは両親にも内緒《ないしょ》なんだからね？

「そう思うんなら、突然《とつぜん》お風呂になんて入れないで欲しいんでチュウが……」

う……まぁ、それはそうなんだけど……。

思い出すのは、チュウの存在がクラスにバレそうになった時のこと。今思えば、あの時も平地くんに助けられてたんだよなぁ……ふふ、まさか本当にマスコット妖精が鞄《かばん》に潜《ひそ》んでるだなんて、平地くんは思いもしなかったんだろうけど。

それはともかく。さっき確認《かくにん》してみたら、確かにチュウはちょっと獣臭《けものくさ》いような気がした。今まであんまり気にしてなかったけど……チュウっていつも私と一緒にいるし、もしかして私にも臭《にお》いが移ってるかも……？　なんて、急に気になり始めてしまって。

もしも、平地くんから「はは……庄川さんって、なんと言いますか……ワイルドな香《かお》りがしますよね……」とか思われてたら……うぅ、私、たぶん立ち直れないよぅ！　だから念のため、チュウのことを全力で洗おう！　もう、お花の香りしかしないくらいに！

「ふぅ……でも確かに、たまにお風呂っていうのもいいでチュウね……あ、真帆、もうちょっと背中の方を洗って……うん、そうでチュウ……気持ちい……気持ち……ちょ、強すぎでチュウ⁉　あひぃ⁉　気持ちよすぎて壊《こわ》れちゃうでチュウ⁉」

「真帆～、うるさいわよ～」

せっかくの初デート……もっと好きになってもらうためにも、万全を尽《つ》くさないとね！

◆　◆　◆

平地護常

約束の日曜日までは、あっという間に過ぎ去った。

今日の僕は、白のロング丈《たけ》カットソーの上に深緑のフライトジャケットを重ね、黒のスキニーパンツにオペラシューズ、背中にボディバッグという出《い》で立ちだ。

お姉ちゃんに調《ととの》えてもらったコーディネート……というか、「女の子と遊園地に行く」と言ったらなぜかノリノリで服代まで出してくれたのだ。僕のお小遣《こづか》い状況は主にマホマホグッズの購入《こうにゅう》によって常に逼迫《ひっぱく》しているし、ありがたい限り。普段《ふだん》は僕のことを奴隷《どれい》か家畜《かちく》辺りと勘違《かんちが》いしてるんじゃなかろうか疑惑《ぎわく》が常に付き纏《まと》っている我が姉だけど、ちゃんと弟を思う心も持ってたんだな……と、少々感動すらしてしまったレベルである。

というわけで、服装には問題はない……と、思うんだけど。着慣れない服に若干《じゃっかん》の窮屈《きゅうくつ》さを感じつつ、僕は待ち合わせ場所である荒雅駅の改札前でソワソワしながら腕《うで》時計と周囲の景色との間で忙《せわ》しなく視線を行き来させていた。時刻は、約束の一時間前。まだまだ来るはずがないとわかっていても、なかなかに落ち着かないもんだな……。

「ひ、平地く～ん！」

と、前方からそんな声。ちょうど腕時計に目を落としていた僕は、ビクッと顔を上げた。

だけど、やや震《ふる》えながらも精一杯《せいいっぱい》出したような声の主が見当たらない。

……って、そんなわけはない。そもそもさほど人通りがあるわけでもないこの駅前、こちらに駆《か》けてくる同世代の女の子なんて一人しかいないんだし。

にも拘《かか》わらず、その姿があまりにいつものイメージとかけ離《はな》れていて……あるいは別のイメージと重なりすぎて。一瞬《いっしゅん》、それが待ち人であると認識出来なかったんだ。

白のプリーツスカートと桜色のブラウスに、赤いカーディガンを羽織った格好。幾分《いくぶん》ヒールの高いパンプスが、いつもより少しだけ彼女の目線を高くしていた。

それから。

後ろの髪《かみ》を左右の高めの位置で纏《まと》めた髪型は、ある意味で見慣れたツインテール。

「ご、ごめん、待った？」

「あ、いえ……僕も、今来たところです……」

息を切らせる庄川さんを前に、辛《かろ》うじて予《あらかじ》め用意してあった文言を口にすることが出来た。だけど正直なところ、僕の頭は現在半ば以上その機能が停止している状態だ。

なにせ、まさか髪型が変わるだけで。

ここまで、マホマホそのままな印象になるとは思っていなかったから。

僕は、とてもじゃないけど動揺《どうよう》を隠《かく》しきれなかった。

思わず周囲を見回してしまったけど、庄川さんに注目が集まってるってこともない。やっぱり、マホマホとの類似《るいじ》性はその正体を知る者しか認識出来ないみたいだ。

「あ、あの……」

僕が内心でホッと安堵《あんど》していると、庄川さんがおずおずと口を開いた。

「やっぱり、変……かな。こういうの……」

「そんなことはありません！　とてもよくお似合いです！」

弱々しく笑って自分の髪を摘《つま》んだ庄川さんに、僕はつい本音を叫《さけ》んでしまう。

「まるで……っ！」

っとぉ！　そこで、どうにか踏《ふ》みとどまることが出来た。危ない危ない……「まるでマホマホみたいです！」なんてド直球な言葉を出してしまうところだった……だけど、「まるで」まで口に出しちゃったからな……代わりになる喩《たと》えを……えーと……えーと……。

「まるで、可憐《かれん》な妖精さんがこの世界に迷い込んで来たのかと思ってしまいましたよ！」

ぐはぁ!?　なぜ僕は、テンパるとちょいちょいクサい台詞《せりふ》が口から飛び出すのか!?　実際、割と本心からこう思ってはいるんだけども！　庄川さんマジ妖精的可憐さ！

「それは、大げさだよぉ……」

だけど、そう言ってはにかむ庄川さんは……満更《まんざら》でもない、ご様子……だろうか……？

良かった、出合い頭《がしら》にドン引きされたらせっかくユウくんから貰《もら》ったチケットが台無しになっちゃうとこだったよ……。

「でもそんな風に言ってくれるなら、いつもこうしてようかなー……なんて……」

「いえ、それはやめておいた方が！」

照れくさそうに髪先を弄《いじ》る庄川さんに、僕はまたも反射的に叫んでしまった。

「えっ……？」

庄川さんは、明らかにショックを受けた様子だ。

やっぱり似合ってるだなんてお世辞だったんだね、とでも言いたげな表情。

「いや、その……そうではなくて……」

違うのです、庄川さん……！　僕はただ、流石《さすが》にそんなマホマホまんまの姿を普段から晒《さら》すのはマズイのではなかろうかと思った次第《しだい》で……だから、つまり、その……。

「その感じは、僕にだけ見せて欲しいのです！」

はいアウトォ！　ツーアウトォ！　これじゃ、彼氏面《づら》した独占欲《どくせんよく》の強いクソウザ勘違い野郎《やろう》みたいじゃないか！　ニュアンスはともかく、言いたいことは大体合ってるけども！

「そ、そっか……」

庄川さんは、顔を真っ赤にして俯《うつむ》いてしまう。

「うん。平地くんが言うなら、そうする」

だけどその後、庄川さんにしてはかなりハッキリとした口調でそう続けた。

これは……セーフ、だったってことなんだろうか……？

庄川さん、意外とクサ台詞耐性《たいせい》が高かったりする……？

「は、はは……そうですか……ありがとうございます……」

だけど僕は流石に自分の台詞が恥《は》ずかしくて、庄川さんから視線を外してしまう。

照れたように俯く女性と、恥ずかしげにそこから視線を外す男。

やれやれ、これじゃまるで初々《ういうい》しいカップルみたいじゃないか。

まったく、僕と庄川さんの関係はそんな浮《うわ》ついたものじゃないってのに！

◆　◆　◆

電車で揺られること二駅分。

その間若干気まずげな空気を漂《ただよ》わせていた僕たちだったけど、荒雅山上ランドに入園してしばらくする頃《ころ》にはそんなものは跡形《あとかた》もなく吹《ふ》き飛んでいた。

「平地くん、マイナス三〇度の世界だって！　次はあそこ行こ！」

「はは、了解《りょうかい》です」

全く思ってもみなかった庄川さんのはしゃぎっぷりが、気まずさを吹き飛ばしてくれた要因だ。庄川さんは今までに見せたこともないほどのアクティブさを発揮して、僕の手を取って次のアトラクションへ次のアトラクションへと引っ張っている。

なるほど……さては庄川さん、実は無類の遊園地好きだったってわけだな。僕の誘《さそ》いにあっさりとオーケイを出したのも、そのためか。今更ながらに納得《なっとく》だ。

ふふ……ですが庄川さん、いつまでもペースを握《にぎ》られたままの僕ではありませんよ？

去年この街に引っ越《こ》してきたという庄川さんとは違い、僕は荒雅生まれの荒雅育ち。家族レジャーでも学校の遠足でも事あるごとに連れてこられ、余裕《よゆう》で二桁《けた》回数は荒雅山上ランドを訪《おとず》れているのだ。もはや、ここはホームといっても差し支《つか》えない。ここからは、地元民としての知識をフルに活《い》かしたエスコートをさせていただこう……！

「けれど庄川さん、そろそろお腹《なか》がすいてきていませんか？　そこの売店で売っているハンバーガーは荒雅山上バーガーといいまして、そのやる気のないネーミングに反して実は県外からそれを目当てに来る人もいるほどのB級グルメなのですよ」

「わぁ、そうなんだ！」

元気な声と共にこちらを振《ふ》り返った主《あるじ》に合わせたように、クゥと庄川さんのお腹が可愛《かわい》らしい音を鳴らした。庄川さんは、真っ赤になって俯く……と、僕は予想したのだけれど。

「たはは、ホントだ。ちょうどお腹がすいてきたみたい」

実際には、少しはにかんでお腹を押さえるだけだった。

遊園地という空間が、庄川さんを普段らしからぬ開放的な気分にしてるんだろうか。

「では」

今度は僕が庄川さんの手を引いて、売店に向け歩き始めた。

「……あっ」

庄川さんが小さく声を上げる。視線の先は、重なった二人の手にあるみたいだ。

その繋《つな》がった手をまるで初めて意識したかのように、庄川さんの顔が赤くなった。

「……うんっ」

何やら決意のような表情を見せた後、庄川さんが一歩分近づいてくる。

それから……ギュッと、僕の腕を掻《か》き抱《いだ》いた。柔《やわ》らかい感触《かんしょく》が伝わってくる。

「あ、あの……庄川さんっ……？」

尋《たず》ねる僕の声は、上擦《うわず》ったものとなった。

一瞬だけ僕と目を合わせて、更に顔の赤みを増す庄川さん。

「行こっ」

だけど結局、それだけ言って僕の腕を抱《だ》いたまま歩き始めてしまった。僕も慌《あわ》ててそれに続く。歩く度《たび》に庄川さんの身体《からだ》がより強く僕の腕に接触《せっしょく》して……薄手《うすで》のブラウス越《ご》しに感じられる体温が伝播《でんぱ》してきたかのように、僕の顔を熱くする。

こ、これも開放的な気分になった結果……なんだろうか……。

いけない平常心を保て平地護常庄川さんはただ童心に返ってはしゃいでいるだけであり邪《よこしま》な気持ちを抱くなどもってのほかであり僕は庄川さんを助ける立場でありそれだけでありなんかいい匂《にお》いがするのでありじゃなくて平常心平常心平常心……！

◆　◆　◆

庄川真帆

うぅ、ちょっと大胆《だいたん》すぎた……かなぁ……？
で、でも、恋人同士《こいびとどうし》なんだし……おかしくはないよね……！
だけど……どうしよう。私、すっごくドキドキしてる。
平地くんとお話することが。
平地くんと一緒《いっしょ》にいることが。
平地くんと触《ふ》れ合っていることが。
たまらなく嬉《うれ》しくて、楽しい。
そして、どうしようもなく自覚する。
私はやっぱり、平地くんのことが好き。
平地くんの告白に対して、間違えて返事しちゃったことから始まったこの関係。
でも、今は私自身この関係がずっと続くことを願っていて。
だから。
私は、この関係を『間違い』じゃないようにしないといけないんだと思う。
とっても遅《おそ》くなっちゃったけど……あの時の返事を、今度こそ。

今度は、私から。
今日、伝えよう。
私は、そう決意していた。

◆　◆　◆

平地護常

庄川さんによってホールドされた腕《うで》を意識してしまって、最初はガチガチに緊張《きんちょう》しちゃっていた僕だけど。どこか開き直った雰囲気《ふんいき》すら感じる庄川さんに倣《なら》って、僕も開き直ってしまうことにした。結局気恥ずかしさはずっと継続《けいぞく》して、開き直りきれたかというと疑問の残るところだけれど……ともかく。

空が赤く染まり始める頃まで、二人で遊び倒《たお》した。田舎《いなか》の遊園地とはいえこの娯楽《ごらく》過多時代に生き残ってるだけあり、どのアトラクションも十二分に僕らを楽しませてくれた。僕的には何度も乗ったことがあるはずなのに、今日は新鮮《しんせん》な楽しさに満ちてたように思う。

全《すべ》てのアトラクションを制覇《せいは》すべく駆《か》け回った僕らは、ついに今現在僕らを地面から遠ざけているこの観覧車に乗ることでそれを達成するに至ったのだった。

「わぁ……！」

徐々《じょじょ》に昇《のぼ》っていくゴンドラの窓に手を突《つ》き、庄川さんが感嘆《かんたん》の声を上げる。

「綺麗《きれい》……」

夕日に照らされる我が街を、庄川さんはうっとりとした様子で眺《なが》めていた。

「……平地くん」

窓から手を離《はな》し、シートに深く座り直した庄川さんは対面に座る僕を見据《みす》える。

「あ、はいっ。なんでしょう？」

景色より庄川さんに見惚《みと》れてしまっていた僕は、慌てて居住まいを正した。

「今日は、誘ってくれてありがとう。とっても楽しかったよ」

そう言って微笑《ほほえ》む顔が赤く見えるのは、果たして夕日のせいなのか。

「こちらこそ、受けていただきありがとうございました。僕も、とても楽しかったです」

休日での変身を身近でサポートすべく企画《きかく》したイベントだったけど……結局世界征服《せいふく》推進機構が現れることもなく、普通《ふつう》に一日楽しんでしまった。

まぁ、これはこれで結果オーライってとこかな。

「私……こんな風に、誰《だれ》かと一緒に遊園地ではしゃいだのって初めてかも」

「そういえば、僕もそうかもしれませんね」

家族で来た時とは、またちょっと雰囲気が違うし。

僕、昔から友達いなかったから遠足で来た時は大体ハブられてたしね！

「そうなんだ。じゃあ、初めて同士だね」

庄川さんはどこかイタズラっぽく微笑む。

思えば、ほんの一月と少し前にはこんな風に庄川さんと過ごすことになるなんて想像もしてなかった。もちろん、マホマホの正体を知ってしまうなんてことも。

まったく、人生何が起こるかわからないもんだ。

「……また、誘ってくれるかな？」

少し顔を俯け、庄川さんがおずおずと尋ねてくる。

「もちろんです」

僕は即座《そくざ》に頷《うなず》いた。

「遊園地だけではなく、色んなところに行きましょう。毎週にでも……いえ、毎日でも。場所はどこだって構いません。僕は、貴女《あなた》と一緒にいられればそれだけでいいので」

なにせ、世界征服推進機構はいつ現れるかわからないんだから。いつでもフォロー出来るよう、極力一緒にいるようにしなきゃね。

「う、うん……」

小さく返事した後、庄川さんは徐々に俯《うつむ》いていく。
かと思えば、勢いよく顔を上げて。
「あのね、平地くん」
再び僕に向けられたそこには、決意を秘《ひ》めたような表情が浮《う》かんでいた。
「私ね、平地くんに聞いてもらいたいことがあるの」
その声は少し震《ふる》えていて……だけど、どこか揺《ゆ》るがぬ芯《しん》のようなものも感じられる。
聞いてもらいたいことっていうのが、ただの雑談じゃないことは明白だった。
……というか、これは。
この、強い緊張感《きんちょうかん》を伴《ともな》った雰囲気は。
まさか。
まさか、庄川さん。
告白する、おつもりですか……⁉
この、僕に……！
自分が……マホマホであるということを！

頂点に達したゴンドラの中で、僕は相当に混乱していた。なぜ、急に？　僕が、その正体に気付いていると気付かれた？　だとしても、どうしてこのタイミングで……ハッ!?　もしや……試《ため》されていた!?　そう考えると、マホマホそっくりな今日の出《い》で立ちにも納得《なっとく》出来る。そして、だとすれば、僕はそのリトマス試験紙にバッチリ反応を示してしまったと言えた。そもそも、今日までに僕が行ってきたフォローの数々も強引《ごういん》な流れが多かったことを否定出来ない。ずっと、庄川さんの鈍感《どんかん》さに救われてきたと思っていたけれど……それすらも演技で、僕は泳がされていたというわけなのか……!?

「私」

庄川さんが口を開く。

「私ね」

……正直なところ。

ホッとした気持ちを抱いているのも事実ではある。

いつ周りに秘密がバレるかもわからない緊張感に、日々身を置いてきた。

それが、ようやく終わるんだと。

「私……」

けれど。

けれど、それでも僕は。

◆　◆　◆

庄川真帆

「待ってください！」

そう言って、私の言葉を遮《さえぎ》った平地くんの表情を見て。

私は、なぜだか唐突《とうとつ》に悟《さと》った。

今になって、全部わかってしまった。

嗚呼《ああ》……きっと、全部全部。


私の、勘違《かんちが》いだったんだなって。


平地くんはとっても苦しそうで、申し訳なさそうで。

彼が私に向ける目は、恋人に向ける……恋する人の、それじゃなくて。

その瞳《ひとみ》に映る私の目とは、明らかに違った光を宿していて。

思えば、ずっとそうだった。いつだってそうだった。
冷静になって振《ふ》り返って、そう思う。
スゥと、魔《ま》法《ほう》が解けていくみたいだった。
どこかで……ううん、たぶん最初から。すれ違ってたんだと思う。
考えてみれば、おかしな話。
平地くんの性格で、急にあまり接点もない相手に愛の告白なんてするかな？
答えは、ノー。平地くんのことをあの時より知った今なら、そう判断出来る。
だからたぶん、あれは愛の告白なんかじゃなくて。
例えば……友達付き合いを始めてくださいとか、そういうことだったんじゃないかな。
つまり……恋してたのは、私だけだった。
あは……とっても恥《は》ずかしい勘違いだ。
そうとわかってれば…………ううん。
そうとわかっていても、結果は変わらなかったかな。
平地くんが、私のことを大切に思ってくれてることはきっと本当で。
平地くんが、私のことを他《ほか》の誰よりもわかってくれてるのは間違いなくて。
平地くんが、私のためを思って行動してくれてたのは絶対で。

だから私は、最初から正しく認識《にんしき》していたとしても同じように平地くんに恋《こい》して。

きっと、同じように失恋《しつれん》してたんだと思う。

◆　◆　◆

平地護常

それでも、僕は……庄川さんにペナルティが下ることを良しとは出来ない。

この街から、マホマホを奪《うば》うわけにはいかない。

「僕は……その話を聞くことは、出来ません……」

だから、半ば俯きながらそう告げた。

庄川さんに気付かれた時点で、ペナルティが下る条件を満たしている可能性もある。

それでも僕は、決定的な言葉を聞きたくなかった。

僕は、逃《に》げたんだ。

「……あ、はは」

庄川さんは、笑った。

「うん……」

ゴンドラは頂点をとっくに過ぎていて、ゆっくりと地面に近づいている。

「そう、だよね……」

庄川さんは、笑っていた。

「こんなこと言われても、困るよね……」

なのに、どうしてだろう。

それが、泣き出す直前のような表情に見えるのは。

「ごめんね」

どうしてだろう。

その表情に、酷《ひど》く動揺《どうよう》してしまったのは。

「私、勘違いしてて。一人で、浮かれてて」

僕の頭の中はなんだか真っ白になってしまったようで、思考が上手《うま》く回らなかった。

音としては認識しつつも、庄川さんの言葉が全く頭に入ってこない。

「ごめんね、変なこと言っちゃって」

僕が庄川さんを傷付けたんだ、という確信はあった。

だけどどうすればいいのか、僕にはわからない。

「ごめんね、困らせちゃって」

何かを言わなきゃいけない、という焦燥感《しょうそうかん》はあった。

だけど何を言えばいいのか、僕にはわからない。

「ごめんね」

結局何も言えないまま、僕は地上まで辿《たど》り着いてしまって。

「そんな顔、させちゃって」

係員さんが、ゴンドラの扉《とびら》を開ける。

同時に、庄川さんがピクリと頰《ほお》を動かした。

今となっては、随分《ずいぶん》と見慣れてしまった反応だ。

「私、行かなきゃ」

タンッと庄川さんはゴンドラから降り立った。

「今日は、ありがとね」

顔だけで振り返って、そう告げる庄川さん。

その形のまま固まってしまったかのような、笑《え》みをそこに貼《は》り付けて。

「バイバイ」

そして、駆《か》け出した。

マホマホに変身しに行くのであろうことは明白。

本来であれば、僕は即座に追ってその正体がバレないようサポートすべきだ。

なのに僕は、ノロノロとゴンドラから降りたっきり一歩も動けなかった。

「僕は」

呆然《ぼうぜん》と庄川さんの背中を見送りながら、考える。

受け入れるべきだったんだろうか？

庄川さんの言葉を。

マホマホが、終わることを。

「僕は、どうすれば良かったのでしょう」

自問の言葉に返ってくる答えなど、あるはずもなく。

僕は、怪訝《けげん》な表情を浮《う》かべる係員さんの隣《となり》でただ立ち尽《つ》くすことしか出来なかった。

◆　◆　◆

庄川真帆

いつだって、戦いに行く時は怖《こわ》さを感じるものなんだけど。

今だけは、これっぽっちも恐怖《きょうふ》の感情なんて湧《わ》いてこなかった。

それは、もっと大きな感情で胸が全部全部占《し》められているから。
恥ずかしくて、悲しくて、苦しくて。
自分への嫌悪感《けんおかん》で胸が締《し》め付けられる。
勝手に私が勘違いして、勝手に自爆《じばく》しただけなのに。
平地くんに、あんな辛《つら》そうな顔をさせてしまった。
胸が、嫌《いや》な感情で占められる。
今だけは、世界征服《せいふく》推進機構の出現がありがたかった。
私に、逃げる口実をくれたから。
……結局私、逃げてばっかりだなぁ。
でも、私はマホマホだから。
マホマホでいる時は、ちゃんと逃げずにいるから。
今だけは……逃げても、いいよね……？
今だけは……泣いても、いいよね……？

第8章　胸中自覚の告白は

あの日以来、僕と庄川さんの距離感《きょりかん》は少しだけ、だけど決定的に変わった。

「おはようございます、庄川さん」

「うん、おはよー」

挨拶《あいさつ》すれば、返してはくれる。

「あの……」

けれど話を続けようとした僕の横を、庄川さんはスッと通り過ぎていった。僕の声に気付かなかったと言われれば否定出来ない、絶妙《ぜつみょう》なタイミング。庄川さんはそのまま自席に座って、すぐに鞄《かばん》から取り出した文庫本を広げる。かつてと同じ、と称《しょう》して差し支《つか》えない光景。だけど僕の目には、その居住まいが以前とは少し違うように映っている。

良くも悪くも周りに興味を示さずひたすら自分の世界に籠《こも》っていた頃《ころ》とは違って、今は明確に外の世界を拒絶《きょぜつ》する空気を纏《まと》っているように感じるんだ。果たしてそう見えるのは庄川さんの意識が変わったからなのか、僕の意識が変わったからなのか。

「…………」

なんて考えていると庄川さんの視線がチラリとこちらを向いて、心臓が大きく跳《は》ねた。

まるで、僕の考えていることを見透《みす》かされているようで。

思わず、目を逸《そ》らしてしまう。そのまま僕は、逃げるように背を向けた。

いや……ように、じゃなくて。これは、逃げに他ならない。あの日以来、僕はずっと逃げ続けている。自身の曖昧《あいまい》な態度を自覚しつつも、改められないでいるんだ。

あの時は頭が真っ白になって何も考えられなかったけど、今なら庄川さんが何に傷付いたのかについても大まかな予想は付いている。

たぶん、庄川さんもこれ以上一人で秘密を抱《かか》えるのが辛かったんだろう。誰《だれ》かにぶちまけてしまいたかったんだろう。かつて、無自覚だったとはいえ僕が一人で抱え込むことに苦痛を感じていたように。いや……僕なんかの苦悩《くのう》とは比べ物にならない。なにせ庄川さんは、当のマホマホ本人なんだから。きっと庄川さんは、魔光少女であることに疲《つか》れてしまっていたんだ。だから、ペナルティすら覚悟《かくご》して誰かに打ち明けたかった。

マホマホを終わらせる『共犯者』として、僕は最適だったに違《ちが》いない。なにせ、既《すで》にその秘密に気付いているんだから。あとは、認識を合わせるだけで良かったんだろう。

というか……庄川さんからすれば、その対象は僕しかいなかったのかもしれない。ユウくんは、僕とは違ってボロを出すこともなく自然に振《ふ》る舞《ま》っていて……彼も庄川さんの秘密に気付いている、ってことに気付くのは難しいだろうから。

そしてだからこそ僕は、その告白を受け止めなきゃならなかった。ユウくんによって僕が救われたように、僕が庄川さんの救いにならなきゃいけなかったんだ。

なのに……僕は、庄川さんを拒絶してしまった。

傷付くのも当然だと思う。庄川さんにとっては、唯一《ゆいいつ》の救いとなり得たかもしれない存在に梯子《はしご》を外された形なんだから。それも、話を聞くことさえせずに。

本来であれば――それが受け入れて貰《もら》えるかはともかくとして――そのことを謝罪して、今度こそは庄川さんの話を聞いて真摯《しんし》に受け止めるべく努力すべきだ。

そんなことは、自分でもよくわかっている。

なのに……僕は未《いま》だ、覚悟を決められずにいる。

庄川さんにペナルティを下す覚悟を。

この街から、マホマホを奪ってしまう覚悟を。

いつまで経《た》っても決められなくて……そうこうしているうちに、数日。

席替《せきが》えが行われて、僕と庄川さんは隣《となり》同士の席でもなくなってしまった。

僕が、窓際《まどぎわ》の一番後ろの席。

庄川さんが、廊下《ろうか》側の一番前の席。

離《はな》れてしまったこの距離が、僕らの心の隔《へだ》たりを表しているように感じられた。

◆　◆　◆

庄川真帆

嗚呼《ああ》……私、なんて嫌な子なんだろう……。

全部、私が勝手に勘違《かんちが》いしてた結果でしかないのに。平地くんは何にも悪くないのに。むしろ、精一杯《せいいっぱい》私を傷付けないように言葉を選んでくれていたのに。今だって、声をかけてくれているのに。どうしても正対出来なくって、逃《に》げちゃってる。

なのに、気が付けば平地くんのことを目で追っちゃってて……中途半端《ちゅうとはんぱ》で、とっても嫌な態度……わかっているのに、ハッキリと自覚してるのに、改められない。

あれだけ応援《おうえん》してくれた里崎さんにも、合わせる顔がないよ……。

……もう一度あの場所に行けば、少しは吹《ふ》っ切れるのかなぁ。

◆　◆　◆

空橋悠一

やっちまった、と言うべきだろう。

荒雅山上ランドに行った翌日から、明らかに護常と庄川さんの仲はギクシャクしている。

というか、庄川さんの方が一方的に護常のことを避《さ》けているように見えた。

何があったのかは聞けていない。護常のことだ、意図して庄川さんのことを傷付けたりするとは思えない。それに……庄川さんの方だって、護常のことを嫌《きら》っているわけじゃないように思えた。いつ見ても、護常の方にチラチラ視線を送っているのがその証拠《しょうこ》だろう。

たぶん、何かがすれ違ってしまった結果なんだと思う。

そして、恐《おそ》らく本人たちだけじゃそれを解消出来ない状況《じょうきょう》に陥《おちい》っている。

なら……この事態を招いてしまった張本人として、俺が動かないわけにはいかないよな。

結局、あの二人のことは俺なんかが軽々しく触《ふ》れていいものじゃなかったのかもしれない。それでも、一度関《かか》わってしまったからには最後まで責任を持って見届けるべきだろう。

せめて、少しでも二人の力になれるように。

◆　◆　◆

「まだ、上手《うま》くいってないみたいだな」

「っ」

横合いから話しかけられ、僕の意識は現実へと浮上《ふじよう》してきた。

耳に心地好《ここちよ》く届くその声は、ユウくんのものだ。周りを見回せば、教室にはもう僕とユウくんしか残っていなかった。どうやら、結構な時間ボーっとしてしまってたようだ。

「こないだの、荒雅山上ランドで喧嘩《けんか》したんだろ……？　庄川さんと」

心配げな表情で、ユウくんはおずおずと尋《たず》ねてきた。気を遣《つか》って、ずっとこの話題には触れないようにしてくれてたみたいなんだけど。いよいよ見かねて、ってところか。

「喧嘩ではなく、僕がやらかしてしまっただけですよ」

僕の表情は、恐らく苦いものとなっていることだろう。

「そっか……ごめんな、俺が変に気を回したせいでこんなことになっちゃってさ」

ユウくんは、申し訳なさそうに頰《ほお》を掻《か》いている。

「よしてください。ユウくんには感謝しかありませんよ。あの日は楽しかったですし、庄川さんも楽しんでくれていたと思います」

それは、本心からの言葉だ。

「結局これは、いずれにせよいつかは訪《おとず》れたものなのです」

僕が庄川さんの秘密に気付いているってことについては、どうやら端《はな》っから怪《あや》しまれていたようだし。先日の件は、ただのきっかけに過ぎなかったんだと思う。

「それに、僕は……こうなって良かったのかも、とも思い始めていますし」

これもまた、本心からの言葉……だと、思ってる。

「どういうことだよ……？」

「庄川さんは、もう一人でも大丈夫《だいじょうぶ》かもしれないということです」

怪訝《けげん》そうなユウくんに答える。

幸いにして今でも変身することは可能なようで、マホマホは相変わらずの活躍《かつやく》を見せている。そして庄川さんはあの一件からこっち、明らかに警戒《けいかい》心を強めていた。常に周りを気にかけ、あれ以来なんと一度も正体バレのピンチを迎《むか》えていないのだ。

それを、僕は……嬉《うれ》しく、思う。

嬉しく、思いたかった。もう僕が気を張る必要はないんだって、安堵《あんど》したかった。

なのに実際のところ、僕の心にそんな想《おも》いは少しも去来しなかった。

それがなぜなのか、僕自身にもわからない。

代わりに胸を占《し》めるこの寂《さび》しさの正体を、僕こそが教えて欲しいと願っていた。

「そんなことないって。だって庄川さん、いっつもすげぇ護常のこと見てるじゃん」

「そう、ですかね……」

それは、単に不意に僕とはち合わせないよう監視《かんし》してるだけだと思うけど……。

「絶対そうだって。何かすれ違っちゃってるみたいだけど、話せば誤解も解けるさ」

「だと、いいのですが……」

そもそも、その話し合いの場を持たせてくれないんでね……まぁ、仮に持たせてもらえたところで僕が覚悟を決めないことには何も変わらないんだけど。

「おいおい、いつも全力な平地護常はどうした？　庄川さんのためならなんだって出来るって勢いだったじゃんか。もう諦《あきら》めるのか？　それでいいのか？」

必死に僕を煽《あお》ろうとしてくれている様子のユウくんだけど、残念ながら僕の心が燃え上がることはない。そもそも種火すら存在しないんだから、当たり前だ。

種火……僕にとってのそれは、何だったのか。なぜ、それを失《な》くしてしまったのか。

確かに以前は、庄川さんに拒絶《きょぜつ》されようが僕は構わず突《つ》き進んでいたはずなのに。

なぜ、今の僕には出来ないのか。今まで、どうしてあんなに一生懸命《いっしょうけんめい》になれてたのか。

今となっては、何もわからない。

「そう、ですね……頑張《がんば》りましょう……」

曖昧に答えながらも、僕は未だ動けずにいた。

◆　◆　◆

里崎翔子

やっぱ、状況が全くわからない。

百歩譲《ゆず》って、ヒラチとソラハシがなんかギクシャクしてんのはわからなくもないんよ。どっちかが思い通りに動かなかったのかもしれないし……そもそもアタシの見込《みこ》み違いで、普通《ふつう》に浮気《うわき》に走ったヒラチに対してソラハシがキレてるのかもしれない。

ただ、チョーウンさんが落ち込んでるっぽいのはどゆこと……？　めちゃヒラチのこと避けてるし。てか、なんか知らんけどアタシまで避けられてて話聞けないんだよな……。

ヒラチにガチで襲《おそ》われた？　って、雰囲気《ふんいき》でもなさそうだし……何か喧嘩でもしたんかな……？　あの二人が喧嘩する姿ってのもなかなか想像出来ないけど……それとも、やっぱヒラチとソラハシの仲が拗《こじ》れた原因が自分だからって責任感じてんだろうか。今もソラハシとヒラチ、すげぇシリアスな空気だし。めちゃ痴情《ちじょう》がもつれてる感じだし。

にしても、何話してんだろ……？　くっ、会話が聞き取れないのがもどかしい……！

でも、見つからないようにするにゃこうして廊下から顔を覗《のぞ》かせる程度が限界だし……！

――ヴー、ヴー。

ちゅーか……結局のとこ、チョーウンさん焚《た》き付けたのはアタシだかんなー……何があったにせよ、むしろアタシの方が責任大だよなー……。

――ヴー、ヴー。

どうにかしたいとこだけど……下手に介入《かいにゅう》して余計に拗れる結果になんてなった日には目も当てらんないし……。

――ヴー、ヴー。

やっぱ、この二人のことは一旦措《いったんお》いといてまずはチョーウンさんのフォローに回るべき？　なんだかんだで、コイツらはそのうちヨリを戻《もど》すっしょ。アタシの直感がそう言ってる。だから落ち込むことはないよ、ってな感じで……でも、それだけじゃ説得力がないよなぁ……今この場で、何かしらの進展でもありゃいいんだけど……。

――ヴー、ヴー。

って、さっきからスマホのバイブうっさいな!?　何なのさ……って、スイッターの通知か。いつもなら即《そく》チェックだけど、今だけはマホマホよりソラ×ヒラなんだよ。ごめんマホマホ、ファンとしてあるまじきことだけど、アタシにも譲《ゆず》れないもんがあるんだ……。

……けど、こんだけ大量の通知が来るってことは何かあったんかな……？

一応チェックしとくか………………って、あれ？

◆　◆　◆

平地護常

「チョーウンさんじゃん」

「……はい？」

件《くだん》の人物の名前（間違ってるけど）が耳に届いて、思わずそちらを見る。すると、扉《とびら》から顔だけを覗かせた状態でスマホに目を落とす里崎さんの姿が目に入ってきた。

あんなとこで何やってんだろう、あの人……って、今はそれよりも。

「あの、里崎さん。どうかしたのですか？」

「おわっ!?　いや、あの、違くて！　別にアタシは出歯亀《でばがめ》するつもりはなかったっていうか、愛の行方《ゆくえ》を見届けたかっただけっていうか……！」

……？　何を言ってるのか、サッパリわからないな……。

何やら里崎さんは慌《あわ》てた様子で両手をバタバタと動かして…………んんっ？　ちょい待ち。今なんか、里崎さんのスマホの画面にありえないものが見えたような……!?

「里崎さん、ちょっと失礼します！」

里崎さんの元に駆《か》け寄り、その手を摑《つか》んで動きを止める。女性に対してちょっと乱暴な行動ではあるけど、気にしてられる場合じゃなかった。

スマホの画面に表示されていたのは、僕にとってはお馴染《なじ》みのUI。スイッターだ。

ちょうど今しがた世界征服《せいふく》推進機構が現れた、って情報が流れている。

だけど、今はそれそのものはどうでも良くて。

「しょ……」

そこに表示されている画像に、僕は口をあんぐりと開けてしまった。

場所は、荒雅山上ランドみたいだ。正直今はあんまり目に入れたくない風景だけど、それもどうでも良くて。問題は、そこに映っている人物だった。

宙に浮《う》いた状態で、高笑いを上げているらしきピンジェネさん。

そして、マホマホが対峙《たいじ》すべき敵の腕《うで》の中に捕《と》らわれているのが……。

「庄川さん!?」

他《ほか》ならぬ、マホマホの中の人だったのだから！

「ん？　どうかした？」

叫《さけ》んだ僕に、ユウくんが首をかしげる。

「ええ、あの……」

すぐにユウくんに報告しようとして、しかしなぜか僕は言葉を止めてしまった。

人々は、マホマホが人質《ひとじち》を助けに来ると信じて疑っていないと思う。ゆえに、庄川さんをわざわざ自分で助けようとする人が現れる可能性は限りなく低いに違《ちが》いない。その考えに至ることが出来るのは、マホマホの正体を知っている僕とユウくんだけ。

であればここはユウくんに任せるのが正しい選択《せんたく》であると、確信を持って言える。きっと、僕なんかよりもずっと上手く立ち回ってくれることだろう。

何より、僕は庄川さんから避《さ》けられているんだ。

僕が行ったところで、庄川さんは喜ばない。

……なのに。

「……ユウくん」

それでも僕は、僕自身が助けに向かいたかった。なぜなのかはわからない。僕の身勝手な感情なんかで動くべきじゃないってことなんて、わかりきっているのに。

「僕は、行かねばなりません」

にも拘《かか》わらず僕は、もうすっかり自分で行くことを決めてしまっているのだった。

「お、ちょっといい顔になったじゃん」

そう言って、ユウくんは微笑《ほほえ》む。

「足は必要かい？」

そして、事情を聞くことさえなく僕に向かって何かを放《ほう》り投げた。反射的に受け取った手を広げてみれば、それは自転車の鍵《かぎ》だった。学校から荒雅山上ランドに向かうなら、駅まで行って電車に乗るより自転車で直接向かった方が早い。

「感謝します」

ユウくんにお礼を言いながら、鍵を握《にぎ》り込む。

「行って来いよ、ヒーロー」

ユウくんの不敵な笑みに、苦笑《くしょう》が漏《も》れかけた。

僕は、到底《とうてい》ヒーローなんて柄《がら》じゃない。

この段に至ってなお、やっぱり覚悟《かくご》の一つも決められていない情けない男だ。

首尾《しゅび》よく庄川さんを助け出せたとして、その後のことだって何も考えちゃいない。

結局庄川さんに避けられたままの日常に戻ってしまうだけかもしれない。

なのに、ユウくんの目には僕に対する期待が明確に見て取れて。

だから、こんな僕を信じてくれる同志にせめて少しは報《むく》いられるように。

「行ってきます」

僕も意識して不敵な笑みを浮かべ、踵《きびす》を返した。

◆　◆　◆

空橋悠一

実のところ、大体の事情は察していた。

里崎の携帯《けいたい》に表示されている光景は、俺の目にも入っていたから。

本来は、俺も協力して庄川さんを助けるべく動くべきなのかもしれない。けど護常の目を見れば、そんなことは言えなかったし言いたくもなかった。ここしばらくの、自信のない色を宿したそれじゃない。俺の憧《あこが》れた、強い光に満ちた瞳《ひとみ》を見てしまえば。全部護常に任せりゃ大丈夫《だいじょうぶ》だろう、なんて思いさえ抱《いだ》いてしまう。

……まぁ正直に言えば、護常が失敗したところでマホマホがどうにかしてくれるだろうって打算もあってのことなんだけど。というか、普通に考えれば護常より先にマホマホが庄川さんを救出するだろう。なのに……。

なぜだか俺は、護常が見事庄川さんを助けるだろうという根拠《こんきょ》のない確信を抱いていた。

◆　◆　◆

里崎翔子

「……どゆこと？」

なんか知らんけど出て行ったヒラチに、何も聞くことなくそれを送り出したソラハシ。

正直、どういう状況《じょうきょう》なのかサッパリわからなかった。

「護常が、男を見せに行ったのさ」

「……お、おぅ」

聞いた上で、サッパリわからんかった。

ただ、一つだけ確かに言えることは……ソラハシの表情が随分《ずいぶん》とサッパリとしたものになってるってことだ。痴情のもつれ……解消、されたん……？

いつの間に、なんで、どうやって、なのか一切《いっさい》わからないけど……。

二人にしかわからない世界がある、ってことか。

へへ……いいじゃん、そういうの。好きだよ……ぐへへ。

「……里崎、なんかヨダレ垂れかけてるけど大丈夫？」

「っ!?　い、いやぁ！　ちょっとお腹《なか》減っちゃってさ！」

危ない危ない……仮にバレるにしても、妄想《もうそう》元の本人に気付かれるとか最悪にもほどがあるかんね……気をつけないと……。

まぁ、それはともかく……だ。チョーウンさん、なんか知らんけどこっちは上手《うま》くいったみたいよ。だから、変に責任なんて感じずにさ。

さっさとマホマホに助け出されて、元のポジションに戻ろっ！

◆　◆　◆

平地護常

果たして、僕はなぜこんなにも一生懸命《いっしょうけんめい》自転車を漕《こ》いでるんだろうか。

なぜこんなにも、庄川さんを助けたいと思ってるんだろうか。

なぜこんな時なのに、ただ庄川さんに会いたいって想《おも》いが胸を占《し》めてるんだろうか。

わからない。

だけど、わからないからこそ行かなければならないような気がしていた。

今だからこそ、庄川さんに会わなければならない予感がしていた。

そんな、根拠のない想いに突《つ》き動かされながら。

荒雅山上ランドへの上り坂を、ユウくんの通学用ママチャリで駆け上ること約十五分。

「学生一人！」

受け付けのお姉さんに向けて財布《さいふ》ごと放り投げ、自転車のまま荒雅山上ランドの入園ゲートを突っ切った。お姉さん、無作法極《きわ》まりない入園方法で恐縮《きょうしゅく》ですが非常時ゆえご容赦《ようしゃ》を！　後で謝りに来ますので！

「あー？　マホマホー？　早く来るのだー。この子がどうなっても知らんぞー」

庄川さんが捕らえられている中央広場に向けて、引き続き全力疾走《しっそう》を続ける。

「どうしたー？　おーい、マホマホー？　今なら、そんなに痛くはしないぞー？」

空中からアナウンスを続けるピンジェネさんは、見たところ完全にダレきっている様子だった。まぁ、マホマホが現れないまま既《すで》に二十分近くが経過しているわけで。いつまでも最初のテンションを保っていられるものでもないだろう。

そんなピンジェネさんの腕に拘束《こうそく》されている庄川さん。その顔に浮かぶのは……諦観《ていかん》、だろうか？　まるで全《すべ》てがどうでもいいとばかりに、抵抗《ていこう》することもなく捕らわれている。

その表情が……なぜか、酷《ひど》く僕の心をかき乱した。

そんな庄川さんは見たくない。

そんな表情は、浮かべるべきじゃない。

彼女が浮かべるべきは、もっと……！

そこまで考えたところで、庄川さんの目がふっと動いた。

たぶん、何か考えあってのことじゃなかったんだろう。そんな、何気ない仕草に見えた。

そうして、動かされた瞳が……僕を、捉《とら》える。

「えっ……？」

僕の耳に、聞き慣れたその声が届いた。

まるで幽霊《ゆうれい》でも見たかのような目が、ハッキリと見えた。

まるっきり、僕が来るだなんて想定もしていなかったような顔だった。

その表情が、やっぱり僕の心を酷くかき乱した。

確かに、僕は貴女《あなた》を一度拒絶《きょぜつ》しました。

確かに、僕は貴女に避けられています。

でも……それでも！

貴女が、ピンチなら！

僕は、駆けつけるに決まっているでしょう！

僕は、駆けつけたいんですよ！

そんな、想いを込めて。

「その人をぉぉぉぉぉぉぉぉぉぉぉぉぉぉぉぉぉぉぉぉぉぉぉ！」

僕は全力でペダルを漕いだまま、力の限り叫んだ。

「放してくださぁぁぁぁぁぁぁぁぁぁぁぁぁぁぁぁぁぁい！」

事態を見守っていた野次馬《やじうま》さんたちがビクッと振《ふ》り返り、慌《あわ》てて道を空けてくれる。

「ふぁ⁉ 何だ⁉」

ビクッとしたのは、ピンジェネさんも同様のようで。

出しかけていたあくびを引っ込めて、驚《おどろ》きの表情で僕を見下ろしていた。

◆　◆　◆

庄川真帆

そこにありえない光景を見て、私は混乱していた。

マホマホが敵の幹部に捕《つか》まるという、大失態。

でも、そんなことどうでもよかった。

今の私は、マホマホとしての仮面を被《かぶ》ることすら出来ないでいた。
結局、この場所に来ても何も吹《ふ》っ切れることなんてなくて。
なんだか、全部が全部どうでもよくなっちゃって。
……なのに。
どうして貴方《あなた》の姿が、見えるの？
そう思った瞬間《しゅんかん》、私の身体《からだ》は浮遊感《ふゆうかん》に包まれた。

◆　◆　◆

平地護常

……って。
ちょ、ピンジェネさん⁉
「ん……？　あれ……？」
いや、不思議そうに両手見てる場合じゃないですよ！
貴女、驚いた拍子《ひょうし》に手ぇ放しちゃってますから！
何が起こっているかわからないって顔で！

庄川さんが！

落下しちゃってますからぁぁぁぁぁぁぁぁぁぁぁぁぁぁぁぁぁぁぁぁぁぁぁぁぁぁぁ！

「う、おぉぉぉぉぉぉぉぉぉぉぉぉぉぉぉぉぉぉぉぉぉぉぉぉぉぉぉぉぉぉぉぉぉぉ！」

僕は落下予測地点へ向けて、ペダルを漕ぐペースを更《さら》に加速させた。

「ぐ……」

身体が、もう限界だと訴《うった》えてくる。

「く……」

切断された筋繊維《せんい》が、悲鳴を上げる。

「う……」

酸素が足りないと、視界が明滅《めいめつ》して警告してくる。

「お、ぁぁぁぁぁぁぁぁぁぁぁぁぁぁぁぁぁぁぁぁぁぁぁぁぁぁぁぁぁぁぁぁぁぁぁぁ！」

それでも……この加速、止めるものか！

限界なら、超《こ》えるまで！

あそこに辿《たど》り着けるなら、筋繊維なんて全部千切れたって構わない！

酸素が足りないなら、想いでそれを代替《だいたい》しよう！

限界を超えて！　彼女の元に辿り着くため！　想いを糧《かて》に！

ペダルを！

回しまっしょぉぉぉぉぉぉぉぉぉぉぉぉぉぉぉぉぉぉぉぉぉぉぉぉ！


「――――――――！」


いつの間にか。

視界から色が消え、耳に音が届かなくなり、ハンドルを握《にぎ》る手にペダルを踏《ふ》む足に感《かん》触《しょく》が無くなっていた。白黒に見える静寂《せいじゃく》の世界では、全てがスローモーションのようにゆっくり動いている。だけど、同じくスローでしか動かない自分の身体がもどかしい。

それでも僕は、ゆっくりゆっくり、確実に庄川さんとの距離《きょり》を縮めていく。


「――――――――！」


僕は、庄川さんの名を叫《さけ》んだ。

僕の耳には届かない。

自転車を蹴《け》って、身体を投げ出すように跳《と》んだ。

蹴った感触も感じられなかったけれど、上手く飛び出せたみたいだ。

手を精一杯《せいいっぱい》に伸《の》ばした。

庄川さんに、徐々《じょじょ》に近づいていく。

落ちてくる庄川さん、大地と並行に飛ぶ僕。

両者を隔《へだ》てる空間は、もう拳《こぶし》一つ分もない。

けれど地面と庄川さんの距離も、もう幾分《いくぶん》もないのだ。

間に合うか、微妙《びみょう》なタイミング。

いや……！

間に合わせる！

「――！」

庄川さんの身体に。

「――！」

僕の手が。

「――！」

届。

◆　◆　◆

庄川真帆

「庄川さぁぁぁぁぁぁぁぁぁぁぁぁぁぁぁぁぁぁぁぁぁぁぁぁぁぁぁん！」

平地くんが私を呼んでいる。

それだけが、私の認識《にんしき》出来る世界の全てだった。

◆　◆　◆

平地護常

届、いた。

「――さぁぁぁぁぁぁぁぁぁぁぁん！」

そう認識した瞬間、世界に色と音と感触が戻《もど》る。

「かふっ⁉」

同時に僕の身体は地面に接触《せっしょく》し、身体がバラバラになるかと思うほどの衝撃《しょうげき》に襲《おそ》われた。

視界に映る景色は目まぐるしく移り変わり、ほとんど何も見えてないに等しい状態だ。

「っ……！」

腕《うで》の感触を頼《たよ》りに、小さな身体を自分の身体で包み込むように抱《だ》きしめた。

衝撃衝撃衝撃衝撃衝撃衝撃衝撃衝撃衝撃衝撃衝撃衝撃衝撃衝撃衝撃衝撃！

絶え間なく追加され続ける痛みに、実はもう自分は死んでいて、ここは地獄《じごく》の責め苦の中なんじゃないかなんて考えがもたげる。腕の中のぬくもりが、それを否定してくれた。

どれほどそうしていただろうか。

永遠にも等しい時が流れたような気もするし、一瞬だったようにも思う。

「か、はっ……！」

ようやく衝撃から解放されて、僕は短く息を吐《は》き出した。

もっとも、全身の痛みは治まるどころかむしろ増してきているようにすら感じられたけど。それでもどうにか、五体無事ではいるようだ。あれだけ勢いよく地面にぶつかってゴロゴロ転がった割に痛いってだけで済んだのは、たぶん僥倖《ぎょうこう》と言えるんだろう。

そんなことを考えられる程度には、僕の頭は冷静さを保っている。

むしろ、混乱しているのは。

「ふぁ……？」

僕の腕の中でモソモソと動き始めた、小さな身体の持ち主の方だろう。

「あ、れ……？」

お手本のような呆《ほう》け顔が上がってくる。

どうやら痛みを感じている様子はなさそうで、差し当たり安堵《あんど》感を抱《いだ》いた。

「平、地……くん……？」

ようやく焦点《しょうてん》の定まってきた庄川さんの目が、僕の方に向く。

「は、い……貴女《あなた》の……平地、護常……ですよ……」

全く整っていない息の合間で冗談《じょうだん》めかして、僕は笑《え》みを浮《う》かべた。

「なん、で……？」

僕の顔を映すその瞳《ひとみ》を見る限り、どうやら僕は上手《うま》く笑えているようだ。

「なん、で……？」

ゆっくり、庄川さんが身体を起こす。

ノロノロと首を動かして、状況《じょうきょう》を確認しているご様子。

最終的に、その視線はもう一度僕の顔に向けて固定された。

「なん、で……？」

まるでそれしか言葉を覚えていないかのように、庄川さんはそう繰《く》り返す。

「なん、で……私、勘違《かんちが》いしてて……私が悪いのに……勝手にお別れしちゃって……中途《ちゅうと》半端《はんぱ》で……嫌《いや》な態度取って……未練がましくこんなとこに来て……私、なのに……」

まだ混乱は落ち着いていないようで、庄川さんの言葉は要領を得ないものだった。

「なのに……」

その目には涙《なみだ》がいっぱいに溜《た》まっていて、それでも決してそれを零《こぼ》すことはなく。

「なのにどうして平地くんは、私を助けてくれるの……!?」

その言葉は、その表情は。

拒絶《きょぜつ》のようにも、縋《すが》るようにも感じられた。

一方の僕は、随分《ずいぶん》と久々に正対した気がする彼女の顔を見て。

ストンと、胸の中に何かが落ちたような感覚を覚えていた。

そして。

「それは、愛しているからです。何よりも、誰《だれ》よりも」

気が付けば、そんな言葉を口に出していた。

「…………ふぇっ!?」

一瞬呆けた様子を見せた後、庄川さんはその顔を驚《おどろ》き一色に染める。

随分と驚かせてしまったようだけど……それも、当たり前かもしれない。

なにせそれは今の今まで、僕自身ですら気付いてなかった感情だったんだから。

口に出して初めて、あぁそうだったのかとようやく納得《なっとく》出来た言葉なんだから。

僕は、気付かないうちに自分自身相手にさえその気持ちを誤魔化《ごまか》していたんだから。

◆　◆　◆

庄川真帆

あ、あああああああああああ愛!?

愛してるって……!?

私のことを!?　何よりも!?　誰よりも!?

ちょ、や、あの……あのあのあのあの！　それって、私のことを好きで……!?　というか、愛ってことはむしろもっと上……!?　それに、何より誰よりってことはそれ平地くんにとってはマホマホより私の方を愛してるってことでそれはもうなんていうか……！

急なこと過ぎて、どんな顔すればいいのかわからないよぅ!?

というか、さっきから混乱しっぱなしで！

そもそも、なんでここに平地くんがいるの!?

なんで急に愛だなんて話になったの!?

え、私がなんでって聞いたから!?

それってそれってつまりつまりつまり……いや、つまりどういうこと!?

あうあう、何がなんだか全然わからないよぉ!?

◆　◆　◆

平地護常

「すみません、急にこんなことを言ってしまって」

庄川さんにペナルティが下ることを恐《おそ》れて？

この街からマホマホを奪《うば》ってしまうことを恐れて？

冗談。今から思えば、鼻で笑ってしまう思いだ。

実際は、もっとずっと単純な感情だったんだ。

「それから、すみません」

庄川さんを助ける理由がなくなるのが嫌だった。

庄川さんと過ごす時間が終わるのが嫌だった。

マホマホの秘密を守ることが、一生懸命《いっしょうけんめい》に人々を救おうとする庄川さんを見ることが。

好きになっていたから。

義務感で始めたはずのそれを、いつの間にか何より楽しく思うようになっていたから。
庄川さんの傍《そば》にいる時間を、庄川さんの笑顔を。
愛《いと》おしく思うようになっていたから。
ただ、それだけだったんだ。
好きなものを奪われたくない。
僕は、何よりその笑顔が好きなんだからって。
僕が、誰よりその時間を愛しているんだからって。
そんな、子供じみた想《おも》いだけだったんだ。
「僕は、とても利己的な感情で貴女を傷付けてしまいました」
そしてそんな幼稚《ようち》な想いで、庄川さんを拒絶した。
お前なんてもう必要ない、と言われるのが怖《こわ》くて。
もうこんな風に過ごす時間は終わりだと、突《つ》き付けられるのが嫌で。
拒絶されることを恐れて、僕の方から拒絶した。
話さえ聞きたくないと、駄々《だだ》をこねた。
嗚呼《ああ》、なんて格好《かっこ》悪い。
「そして……すみません」

僕は、三度目の謝罪を口にした。

「僕はそれでも、利己的な感情で以《もっ》て」

そしてようやく自覚した本心を、言葉に乗せて空気を震《ふる》わせる。

「これからも、貴女と共にいたい」

憧《あこが》れだった存在の力になりたい。

不器用で不用心な女の子の助けになりたい。

「僕は、貴女の隣《となり》にいたい」

庄川さんと過ごす楽しい時間をもっと続けたい。

庄川さんに、ずっと笑っていて欲しい。

だから。

「だから……教えてください」

この問いを口に出すのは恐ろしい。

先に拒絶したのは僕の方だ。拒絶されたところで、何も文句は言えない。

「僕は……もう一度、これからも」

それでも、言わないわけにはいかなかった。

「貴女の隣にいようとして、いいですか？」

真っ直《す》ぐに庄川さんの目を見て、問いかける。

「貴女を助けようとして、いいですか？」

◆　◆　◆

庄川真帆

混乱で頭がいっぱいで。

好きって気持ちで胸がいっぱいで。

なにがなんだか、全然わからなかった。

それでも、平地くんの言葉だけは不思議とハッキリ私の中に飛び込んできた。

隣にいていいか……助けていいか、なんて。

そんな当たり前過ぎることを聞いてるんだと、ハッキリわかった。

「そん、なの……」

精一杯《せいいっぱい》堪《こら》えてた涙が、限界を超《こ》えて溢《あふ》れ出す。

「そんなの、いいに決まってるよぅ……！」

精一杯抑《おさ》えていた想いが、限界を超えて溢れ出す。

「むしろ、わだじの方がお願いじだいよぅ……！」

精一杯、どうしても震えちゃう声で言葉を紡《つむ》ぐ。

「わだじ、もう平地ぐんがいないとダメみだいなんだよぅ……！」

精一杯、平地くんの問いに答える。

「これからも……ずっとずっと！　わだじの隣にいでぐだざいぃぃぃぃぃぃぃぃぃぃ！」

◆　◆　◆

平地護常

庄川さんの言葉に、僕はこの上ない喜びを感じている己《おのれ》を自覚する。

同時に、湧《わ》き上がってくる想いがあった。

僕こそが、彼女を一番に助けられる存在でいたい。

僕こそが、彼女を一番の笑顔に出来る存在でありたい。

果たして、この感情には何という名を付けるべきなのか。

憐憫《れんびん》と言うには、僕はもう彼女の気高さを知りすぎている。

憧憬《しょうけい》と言うには、僕はもう彼女を身近に感じすぎている。

であれば、これは……。
……そうか、そうなのか。
実に簡単なことだった。
いつものことながら、自分の鈍感《どんかん》さには嫌気《いやけ》が差す。
彼女を一番近くで助け、すぐ傍で一番の笑顔《えがお》を見ていたいと思う、この気持ち……。
こんな気持ちを表す言葉なんて、一つしかないじゃないか。
そう、つまりこれは。

父性！

父が、娘《むすめ》を見守る気持ちに違いない！
いやはや、高校生の身空でそんなものを抱《いだ》くことになろうとは思いもしなかったよ。おかげで、随分と気付くのが遅《おく》れてしまった。なるほどそう考えると、庄川さんに彼氏が出来ることを想像した時に生まれる胸の痛みにも説明が付く。これが、娘を嫁《よめ》にやる父親の気持ちってわけだ。庄川さん相手にドキッとしてしまう瞬間《しゅんかん》があるのも、まだ幼いと思っていた娘がいつの間にか随分と大人びていたことに気付いてしまったから的なアレに違いない。なんかそういうの、漫画《まんが》とかで見たことあるし。

と……納得出来る答えを見出《みいだ》したところで、僕は微笑《ほほえ》んだ。

「ありがとうございます」

出来るだけ優《やさ》しく、庄川さんの頭に手を置く。

「では……これからも、よろしくお願いしますね」

「うん……」

僕の胸に顔を埋《うず》めて、庄川さんが小さく頭を上下させた。

「さて、と……あってて……」

ギシギシいっているような気がする身体《からだ》を、無理矢理《むりやり》に起こす。

「ちょ、ダメだよ動いちゃ！　救急車呼ばなきゃ！」

慌《あわ》てて顔を上げ、僕を押さえようとする庄川さん。

「はは、それには及《およ》びません」

だけど、その細腕《ほそうで》じゃ僕を止めることも敵《かな》わない。

「これで、悪運には自信があったりするのですよ」

それは強がりではあったけど、必ずしも嘘《うそ》というわけでもなかった。

実際、あらゆる場所からの痛みという形で多大なる抗議《こうぎ》を送ってきながらも、僕の身体はどうにかまだ僕の意思に従って立ち上がってくれる。

「それに、あまりゆっくりしているわけにもいかないでしょう」

そう……実のところ、事態は何一つとして解決しちゃいない。

何やら状況《じょうきょう》についていけていない様子でポカンと呆《ほう》けた表情を見せてるけど、ピンジェネさん以下世界征服《せいふく》推進機構の皆《みな》さんは全く以て健在なんだから。

「庄川さんは、行ってください」

僕に合わせて立ち上がって心配げに見つめてくる庄川さんの背を、そっと押す。

「でも……」

「ここは、僕が引き受けますので」

庄川さんの変身をサポートすることこそが、僕の役割であり本懐《ほんかい》なんだから。

たった今、庄川さんご自身にも認めていただいた通りね！

「……わかった」

しばし迷った様子を見せた後、庄川さんは決意を秘《ひ》めた表情で頷《うなず》いてくれた。

「でも、すぐだから。絶対、すぐに助けを呼んでくるから。無理しないでね」

僕の耳にそう囁《ささや》いて、庄川さんは駆《か》け出す。

ふふ、「助けを呼んでくる」……か。もう、僕がその正体を知っていることなんてとっくにご存知だろうに。この距離《きょり》でも周囲に不用意な発言を聞かれないように気を遣《つか》うとは、庄川さんも成長なされたものだ。ふっ……これが、娘の成長を喜ぶ父親の気持ちか……。

「お、おぅ……おぅ？　あ、ちょ、人質《ひとじち》が逃《に》げる？　追えー？」

ようやく我《われ》に返った様子で、だけど多分に戸惑《とまど》い交じりな感じのピンジェネさんが庄川さんの背中を指して命令を下す。

『イー！』

一方こちらは指針がハッキリしたからか、迷いのない動きでザ・子鬼《こおに》たちが駆け出した。

「おっと、そうはさせませんよ」

その進路上に、立ちはだかる。

ザ・子鬼たちは、怯《ひる》んだように足を止めた。

「ふ、ふん。まんまと人質は助け出せたようだがね、子供一人で何が出来るってんだい」

鼻を鳴らして見下ろしてくるピンジェネさん。

まんまと助け出したというか、貴女《あなた》が勝手に放しただけなんですけどね……。

というのは、ともかくとして。

「確かに、僕に出来ることなど多くはないでしょう」

それは事実だ。

「ですが、何もないというわけでもないのですよ？」

そしてそれもまた、事実。

「なので……出来れば、このまま何もしないでいてもらえませんか？」

「はぁ？」

「僕は出来ることならば、この手だけは使いたくないと思っているのです」

眉《まゆ》をひそめるピンジェネさんに、僕は本心からの言葉を送る。

「はっ、面白《おもしろ》い……何をするつもりか知らないけど、やってみなよ」

けれどピンジェネさんは、そう言って不敵に笑うのみだった。

「この手を使ってしまえば、恐《おそ》らく貴女方はかなりの窮地《きゅうち》に立たされることになると思います。それでも……よろしいので？」

「う……」

一段声を低くした僕の言葉に、ピンジェネさんはゴクリと息を呑《の》む。

「は、ハッタリはよしな。やれるもんならやってみればいいじゃないか」

だけど、結局はそんな風に挑発《ちょうはつ》的に言い放った。

「そうですか……」

そこまで言うなら、仕方ない。

ピンジェネさん……後悔《こうかい》しても、知りませんよ？

「……空気を読んでください」

僕は心の中で十字を切りながら、厳《おごそ》かにその言葉を口にした。

「はぁ？」

再び、そして先程《さきほど》以上に、ピンジェネさんは眉根を寄せる。

「いいから早く、アンタの秘策ってのを……」

ピンジェネさんが、苛立《いらだ》たしげに口にしようとした時のことだった。

――確かにな。

ギャラリーの皆さんから、そんな声が聞こえ始める。

――もう逃げちゃった人質追うとか、空気読めてないよねー。

――なんか、冷めるっていうかさ。

――もうそっちはよくね？　って感じでござるなぁ。

――仮に捕《つか》まえたところで、え？　さっきの流れに戻《もど》んの？　ってなるよニャ。

――捕まえらんなかったらそれこそ、何しに行ったん？　って話になるしさー。

すぐに、次々と続く声。

「え？　……え？　え？」

ピンジェネさんは、戸惑った様子で辺りを見回していた。

――つーか、そもそも人質ってどうなん？

――なーんか盛り上がりに欠けっよな。

――普通《ふつう》に卑怯《ひきょう》っしょ。

その間にも、どんどん声は増えていく。

「いや、でも、ウチら悪の組織的なアレなわけで……」

頬《ほお》をヒクつかせながら、反論しようとするピンジェネさんだけど。

――小物っぽいっつーかさー。

「おぐっ」

自覚はあったのか、周りからの声に何やらダメージを受けている様子だった。

――てか、マホマホいつ来んのさ？

――なんか段取り悪くなーい？

――いつまで待たせんだよ。

――こちとら入園料まで払《はら》ってんだけど。

「そ、それに関しては先方の問題であり、我々の関与《かんよ》する所ではないと言いますか……」

――出たよ、責任逃《のが》れ。

――はー、使えねぇ。
――どうでもいいけどこの遊園地、ミラー迷路《めいろ》ショボすぎない？
――スナック も高《たけ》ぇよなぁ。
――つかここ、暑いって。
「えと、あの、徐々《じょじょ》に我々とは関係なくなってきておりますようで……」
――はぁ？　関係なくはなくない？
――そうだそうだ！　お前らが来るから俺ら集まってるんだぞ！
――ほんで、マジでマホマホいつ来んの？
――マホマホ来ないんだったら、もう帰ろっか？
――つか、アイツらが帰ればよくない？
――それもそうだな。こっちは入園料も払ってるわけだし。
――向こうは不法侵入《しんにゅう》っしょ？
群衆の声は留《とど》まるところを知らず大きくなっていく。
そう、つまり。
――ホント、帰れよな。
――帰って欲しいよね。

――帰ってくれないかな。

――帰ってくださいな。

これこそが。

――帰れよ。

――帰れ帰れ。

――帰れ。

僕の、秘策。

『か・え・れ！　か・え・れ！　か・え・れ！』

ジャパニーズ、同調圧力！

ついには帰れコールを唱和し始めた野次馬《やじうま》一同に、世界征服推進機構の皆さんは涙目《なみだめ》で身を寄せ合って震《ふる》えるのみとなっていた。

「ひ、ひぃ……!?」

くっ……しかし、これは実のところ僕にとっても諸刃《もろは》の剣《つるぎ》……！　だいぶ強力なぼっち属性を持つ僕は、このように少数が圧倒的《あっとうてき》大多数から弾圧《だんあつ》されている様を見るととても居た堪《たま》れない気持ちになってしまうのだ……！

早く……！　早く来てください……！

そんな、僕の祈《いの》りが届いたんだろうか。

……いや、違《ちが》うな。

祈った結果だなんて曖昧《あいまい》なものじゃなくて、これは至極《しごく》当然の展開なんだ。

他《ほか》ならぬ彼女自身が、「すぐに」と言ってくれたんだから。

——あれはなんだ？

——鳥か？

——飛行機か？

一部のギャラリーの視線が、空の彼方《かなた》へと逸《そ》れ始める。それは次々に伝染していき、帰れコールもたちまち霧消《むしょう》して皆さんの興味がそちらに向かった。

——いや、あれは……！

それだけ皆《みんな》の注目を集める存在といえば、もちろん。

『魔《ま》光《こう》少女だ！』

我らが魔光少女、まほろば☆マホマホに他ならない！

「魔光少女まほろば☆マホマホ！　ただいま参上！」

その名乗り口上に、これまでの鬱憤《うっぷん》を晴らすかのようにギャラリーがワッと沸《わ》いた。

「く、くく……よく来たな、マホマホ……！　ホント、よく来てくれたな……」

不敵な笑《え》みを浮《う》かべようとしているらしきピンジェネさん。だけど彼女の目は未《いよ》だ割と涙目のままで、その言葉はかなりの切実さを伴《ともな》っているように聞こえた。

「…………って。アンタ、なんかいつもと衣装《いしょう》違わない……？」

ふと表情を改めたピンジェネさんの指摘《してき》通り。

今回マホマホがその身を包んでいるコスチュームは、いつもと意匠《いしょう》が異なっていた。

全体的に、情熱的なレッドを基調とした衣装だ。炎《ほのお》のように真っ赤なマントが、凜々《りり》しく風に揺《ゆ》れている。ツインテールを結《ゆ》う髪飾《かみかざ》りも、赤い羽根のような形状に変わっていた。

それは雄々《おお》しくも美しい、まるで炎の中から蘇《よみがえ》ってきた不死鳥を想起させるような姿。

「これは、私の新たなる力……まほろば☆マホマホ、魔《ま》鳳凰《ほうおう》フォームだよ！」

マホマホが高らかに宣言する。

……って、魔鳳凰フォーム……!?　なんというか、無理矢理《むりやり》『まほ』をぶっ込んだ感が半端《はんぱ》ないですね!?　どんだけ『まほ』主張したいんですか!?

「いや、新たなる力って……普通そういうの、ピンチの時とか、新しい敵が現れた時とかに出るもんなんじゃないの……？　なに通常回でしれっと覚醒《かくせい》してんの……？」

ピンジェネさんは、だいぶ引き気味のご様子だ。

「問答無用だよ！」

「いやこの件についてはちょっと問答しない⁉」

言葉は不要とばかりに飛び出すマホマホに、ピンジェネさんの表情が驚愕《きょうがく》に染まった。

「これが、新しい私の必殺技《わざ》……！」

「ちょ、待……」

手の平を突《つ》き出すピンジェネさんに構わず、マホマホは瞬《またた》く間に間合いを詰《つ》める。

「フェニックス！」

その拳《こぶし》が、強く握《にぎ》り込まれ。

「レバーブロー！」

「おごぶっ⁉」

ピンジェネさんの右脇腹《みぎわきばら》に、突き刺《さ》さった。

「おま、地味……⁉　必殺技っていうかこれ、ダメージ蓄積《ちくせき》させるタイプのやつじゃん……！　玄人《くろうと》好みすぎんだろ……！　絶対画面映《ば》えしないって……！」

「フェニックスレバーブロー！　フェニックスレバーブロー！　フェニックスレバーブロー！　フェニックスレバーブロー！」

「ごふっ⁉　がふっ⁉　げふっ⁉　がはっ⁉　ぐほっ⁉」

何やら抗議《こうぎ》の声を上げるピンジェネさんの脇腹に、容赦《ようしゃ》なく拳が叩《たた》き込まれ続ける。

「ま、待て！　わかった！　降参！　降参だから！」

やがて、ピンジェネさんは後ろに飛び退《すさ》りながら再び手の平を突き出した。

「畜生《ちくしょう》！　覚えてろよぉぉぉぉぉぉぉぉぉぉぉぉぉ！」

そして、そんな捨て台詞《ぜりふ》と共に（脇腹を押さえながら）空の彼方へと逃《に》げていく。

ザ・子鬼《こおに》たちも、慌《あわ》ててピンジェネさんを追って去っていった。

──うぉぉぉぉぉぉぉぉぉぉぉぉぉぉ！

──ありがとう、マホマホー！

──マッホマホ！　マッホマホ！

ギャラリーから一斉《いっせい》に歓声《かんせい》が上がる。

「応援《おうえん》、ありがとっ☆」

そんな人々に向けて、ウインク一つ。

マホマホもまた、空の彼方へと飛び去っていった。

──おい今、俺に向けてウインクしてくれたよな!?

──バッカ、俺だよ！

──いいえ、私よ！

僕の周囲の人たちがそんな風にざわめく。僕もまだその正体を知らない一介《いっかい》のマホマホファンに過ぎなかった頃《ころ》、何度も似たようなことを思った覚えがあった。

だけど、その時とは明らかに異なった確信を伴って。

恐《おそ》らく、マホマホは……庄川さんは。

僕に向けてその視線を送ってくれたんだろうな、と感じた。

◆　◆　◆

庄川真帆

あぁ、なんて素敵《すてき》な気分なんだろう。

こんなに嬉《うれ》しい気持ちで戦ったのなんて、魔光少女になって初めて。

これっぽっちも恐怖《きょうふ》なんて感じなくて。

それはこの間みたいに、もっと大きな感情で胸が埋《う》め尽《つ》くされてるからで。

でもそれは、この間とは真逆の感情で。

平地くんが応援してくれるなら私、なんだって出来ちゃいそう。

もちろん、平地くんはマホマホの正体が私だなんて夢にも思ってないんだろうけど……。

でも、こっそり平地くんに向けてウインクするくらい、いいよね？　えへへ。

第9章　彼ら彼女らの終幕は

里崎翔子

「……なんかヒラチがチョーウンさん助けたみたいなんだけど、何これ？」

スイッターに投稿《とうこう》された、一連の救出劇を撮影《さつえい》したって動画を再生して。アタシは、スマホの画面から目を離《はな》さないままソラハシに問うた。

「そっか、そりゃ何よりだ」

ソラハシの返答はそれだけ。なるほど、説明する気はナッシングか。

まぁ、全く事情はわからんけどなんとなく大団円な気配は感じる。動画見る限り、チョーウンさんとヒラチのギクシャクもなんか解消されたっぽい？　し。

……にしてもヒラチ、めっちゃいいアクションしてるな……正直こら格好《かっこ》いいわ。ぶっちゃけ、ちょっちチョーウンさんが羨《うらや》ましくなるレベル。アタシの中のオンナノコな部分ってやつ？　が反応しちったよ。こりゃ、アタシやチョーウンさんじゃなきゃ惚《ほ》れちゃってもおかしくないかもしれんね。

……待てよ？　まさか、それこそがソラハシの狙《ねら》いだったってこと……⁉　チョーウンさんとの関係が完全に切れたら、これ以上利用することは出来ない。だからヒラチを焚《た》き付けて、チョーウンさんを助けに向かわせた。首尾《しゅび》よくヒラチにチョーウンさんが惚れれば良し、それでなくともチョーウンさんは助けに来てくれた奴《やつ》を蔑《ないがし》ろにするような女じゃない。ヒラチとのギクシャクの原因が何だったにせよ、最悪でも元の関係には戻《もど》るだろう

……自分とチョーウンさんの間で揺れ動く、ヒラチの気持ちも含《ふく》めて。最終的に自分の元に戻ってくるのはわかってるから、翻弄《ほんろう》されてオロオロするヒラチの姿を楽しみたいってわけか。ヤバいなソラハシ……なんつー策士……なんつードＳ……！

「？　どうして、二人の動画を食い入るように見つめてるんだ？」

っと、ヤバ。スマホ睨《にら》んだまんま妄想《もうそう》に耽《ふけ》っちった。ヨダレ、出てない……？

「……里崎。もしかして、君……」

ギクリ。何かに気付いたかのように硬《かた》い表情で呟《つぶや》いたソラハシに、心臓が跳《は》ねた。

まさか……アタシの本性《ほんしょう》について、バレたとか……ないよね……？　いやいや、仮にヨダレが出てたとしても流石《さすが》にこれだけでバレるはずは……。

「好き、なのか……？」

ほげぇ⁉　なんつー直球放《ほう》り込んでくんのさ⁉

くっ……そんだけ、確信を持ってるってわけか……なら、仕方ない。

アタシも女だ、腹ぁ括《くく》ろうじゃんか。

ここで、口先だけで誤魔化《ごまか》すことも可能かもしれない。けど、アタシぁそんな不義理は犯《おか》したくない。何より、真実の愛を結んでるコイツらにだけは嘘《うそ》を吐《つ》くのが嫌《いや》だった。

「うん……好き、だよ……」

男同士のカップリングが好きだ！

アンタらで妄想するのが好きだ！

アンタらのラブラブっぷりを見ているのが、好きなんだよ！　悪い⁉

はい、悪いに決まってますよね！

「そうか……それは、なんというか……」

何とも言えない微妙《びみょう》な表情になるソラハシ。

うん、まぁそうなるだろうさ。軽蔑《けいべつ》でもなんでもすればいい。

それでも、アタシのこの想《おも》いを消し去ることは出来ないんだから……！

「ごめん……俺は、里崎を応援することは出来ない……」

でしょうねぇ⁉　んーなのわかってるから口に出して言わなくていいよ！

「でも……当たり前だけど、俺に里崎の気持ちを否定する権利なんてない」

いや、それは普通《ふつう》にあると思うけど⁉

他《ほか》はともかく、アンタ本人のことに関しちゃ十分に否定する権利あんじゃない⁉

「だから……この話は、俺の胸の中だけにしまっておく。もちろん、護常に言ったりはしないよ。他の誰《だれ》にだって言わないから、安心してくれ」

……んんっ？　なんか、これ……どういう風向き……？

「里崎の気持ち、それそのものは凄《すご》く尊いものだと思うし」

尊く思ってくれんの⁉　マジで⁉

「俺からは、その気持ちを持ち続けろとも捨てろとも言えない。協力も出来ない。けど、なんつーか……頑張《がんば》ってな」

頑張っていいの⁉

こ、これは……アレか。二次創作について、公式が「明確に肯定《こうてい》することは出来ないけど、まぁ、ほら、そういうことだ、上手《うま》くやれ」って言うようなもん……？

マジかよソラハシ、イケメンすぎるっしょ……そらヒラチも惚れるわけだわ……。

「……そっか。ありがとね、ソラハシ」

そんじゃお言葉に甘えて、今後も観察と妄想を続けさせてもらいやす！

「はは、礼を言われるようなことじゃないさ」

いや言われるほどのことでしょ⁉　なにこの人、仏か何か⁉

◆　◆　◆

空橋悠一

まさか、里崎が護常のこと好きだったなんてな……全然気付かなかったよ……。

いや、けど……思い返してみれば、最近里崎の視線が妙《みょう》に護常の方によく向いてたような気もするな……庄川さんと護常の関係について、俺とはまた別の意味でヤキモキしてたのかも……だとすれば、里崎には悪いことしちゃったか……けど、何より護常自身の気持ちが庄川さんに向いてるわけだしなぁ……。

まぁでも、こう言っちゃなんだけど、人の気持ちなんて移ろい行くものだ。

この先、どうなるかなんてわからない。

だから、せめて俺は……そうだな。

出来るだけ傷付く人が少なくなるよう、この人間関係を見守っていくとしようか。

◆　◆　◆

庄川真帆

平地くんが愛してるって言ってくれたこと、とっても嬉しい。
最初は、もしかすると私を哀《あわ》れに思って嘘を吐いてくれたのかとも思ったけど……。
でも、私へと向けられる彼の目に宿る光は、前とは明らかに違《ちが》って見えた。
とても、私を愛《いと》おしく思ってくれているのがわかるような……そんな目。
正直、どのタイミングで私のことを好きになってくれたのか全然わからないけど……。
今は、そんなことどうでもいい。
ハッキリと、平地くんが気持ちを伝えてくれたんだから。
だから次は、私の番だよね。
それでようやく私たちは、今までの関係を終わらせて。
これからの関係を始めることが、出来るんだと思う。
だから。
変身を解除して平地くんの元に戻った私は、意を決して平地くんに言った。
「観覧車に、乗らない？」

◆　◆　◆

平地護常

まるで、あの日のやり直しのように。

僕と庄川さんは、夕日に照らされる観覧車に乗っていた。

「……あの」

観覧車に乗ってからこっちずっと顔を俯《うつむ》けて黙《だま》り込んでしまっていた庄川さんが、ゴンドラが頂点を通り過ぎようかという頃《ころ》になってようやく口を開いた。

「あのっ……！」

僕に向けられるその目には、必死さが宿っているように見える。

「その……きょ、今日は本当に、ありがとね」

少し裏返った声で紡《つむ》がれたその言葉が、果たして本当に言いたかったことなのか。なんとなく日和《ひよ》った結果のように思えるのは、僕の考え過ぎだろうか。

「いえ。他ならぬ僕自身が、好きで……愛しているからこそ、やったことですから」

そう……あれもまた僕の、結局は利己的な思いから取った行動に過ぎないんだから。庄川さんに受け入れて貰《もら》えたからといって、お礼を言われるようなことじゃない。

「そ、そそそそう……！」

粗相《そそう》……？　いや、まぁ、たぶん「そう」って言いたいところを盛大《せいだい》に噛《か》んだ結果なんだろうけど。今、そんなに詰《つ》まる要素あったかな……？

「あの、それでも……ありがとう。嬉《うれ》し、かったよ」

今度は比較的《ひかくてき》滑《なめ》らかにそう言って、庄川さんはふんわりと微笑《ほほえ》んだ。

「それでね……」

その顔が赤いのは、今度こそ夕日のせいだけじゃないと確信する。

「それで、私……」

あの日と同じように、庄川さんは何度も口ごもっていた。

「私、もね……平地くんのこと……あの……その……あう……」

その口から続く言葉はなく。

「うぅぅぅぅ……！　なんで肝心《かんじん》なところが言えないの、私のバカバカ……！」

小さく呟きながら、庄川さんはまた俯いてしまった。

「庄川さん、無理はしないでください」

庄川さんがそれを望むのであれば、秘密をその口から聞くことも受け入れるつもりだったけど……無理に聞き出すことは、もちろん僕の本意じゃない。

「でも……これからも平地くんといるためには、ちゃんと言わないと……」

にしても……この物言いから察するに、僕に正体をバラしてもマホマホに変身する力は失われないってことなんだろうか？　なにせマホマホに変身することが出来なくなれば、そもそも庄川さんが僕といる理由自体無くなるはずだし。

詳《くわ》しい条件はわからないけど……一人にバレただけで即座《そくざ》に変身出来なくなるわけじゃない、ってことなのかな？　だけどこんなに顔が真っ赤になるまで悩《なや》むほどの葛藤《かっとう》があるってことは、僕にバラすことで何かしらのペナルティが発生するのは確かなんだろう。

「これからの、新しい関係を始めるために……私もちゃんと、ハッキリと……」

なのに……もはや形式だけとはいえ、隠《かく》し事をしたままっていうのは不誠実だとお考えなわけか。なんと義理堅《ぎりがた》いお方なのだろう。

「そのお気持ちは、大変ありがたく思います」

だから僕は、精一杯《せいいっぱい》の気持ちを込めて微笑む。

「ですが、それを口にしてしまうと大変なことになるのでしょう？」

「う、うん……今でさえこんなに心臓がバクバクいってるんだから、きっと言っちゃったら凄く大変なことになると思う……」

む、もしかして何かしら心臓に関するペナルティまであるんだろうか……？　しかも、既《すで》に発動してる……？　段階的に発動する感じで、ここから秘密を実際口にしてしまうとで更《さら》なるペナルティが下るとかなのかな……？

……というか庄川さんを見つめているうちに、僕までバクバクと際限なく心臓の鼓動《こどう》が高まってきている気がする。もしや……目撃者《もくげき》も道連れ系？

……だとしても、なんだっていうのか。庄川さんと運命を共にする覚悟《かくご》なんて、とっくに決めている。名実ともに一蓮托生《いちれんたくしょう》の身になったたっていうなら、むしろ望むところだ。

「であれば、あえて言葉にする必要などありませんよ」

だけど、庄川さんがこれ以上のペナルティを負う必要なんてない。

「僕には、全部伝わっていますから」

そう、言葉にせずとも僕はもう知っているんだから。

庄川さんの秘密も。

「隣《となり》にいていいと言ってくれた……それだけで、十分です」

その秘密を、僕に守らせてくれるという庄川さんの意思も。

「あう……」

庄川さんは、ますます赤くなって身体《からだ》を縮こませてしまった。

「ですが、そうですね」

　僕は、一度大きく深呼吸する。

「僕からは、一つだけ。あえて、口に出させていただきたいと思います」

　そして、庄川さんを真っ直《す》ぐ見つめた。

「僕は」

　僕の決意を、知ってもらうために。

「貴女《あなた》が、貴女である限り」

　僕の決意を、僕自身が噛みしめるために。


「一生、守ると誓《ちか》います」


　そう、口にする。

「…………………ふぇっ⁉」

　一瞬遅《いっしゅんおく》れてその言葉の意味を理解したらしき庄川さんが、顔を勢い良く上げた。

「そ、それって……」

　僕の顔を映すのは、信じがたいものを見るような目だ。

「庄川さんが思っている通りの意味ですよ」

「はひゅう……」

駄目《だめ》押しで付け加えると、庄川さんは先程《さきほど》以上に大きく顔を俯けてしまった。茹《ゆ》で上がっているのかと思うほどに赤くなっているのは、やっぱり庄川さんとて生涯《しょうがい》この秘密を胸に抱《かか》えることへの緊張《きんちょう》があるということなんだろう。

「……あの」

しばらく縮こまったまま固まった後、庄川さんがおずおずと手を差し出してくる。

「よろしく、お願いします……」

その声は、消え入りそうなほどに小さくて。

それでも、僕が聞き逃《のが》すはずはない。

「はい、こちらこそ」

その手を取ったところで、ゴンドラがちょうど地上に到着《とうちゃく》。

係員さんが、扉《とびら》を開けてくれる。

僕が立ち上がると、庄川さんも慌《あわ》てて立ち上がった。

慌てすぎて転びそうになったので、腕《うで》を取って支える。

はにかむ庄川さんに、笑顔を返した。

それから、そのまま二人寄り添《そ》って。
あの日は、一人ずつ出ていってしまった扉を。
今度こそは、一緒《いっしょ》にくぐったのだった。

◆　◆　◆

庄川真帆

ま、まさか……一生護《まも》る、だなんて……。
それって……その……プロポーズ……だよ、ね……？
わわわ私も、よろしくお願いします、なんて言っちゃった……！
……もちろん、私も平地くんも、まだ高校二年生で。
きっと大人の人たちは、そんな約束なんて意味がないって言うと思う。
こんな気持ちなんて、いつか変わるものなんだって笑うんだと思う。
それでも……それでも、私は。
この恋《こい》が最初で最後のものだって、信じて疑わない。

◆　◆　◆

平地護常

ふふっ……一生守るだなんて。僕と庄川さんの間じゃなきゃ、プロポーズか何かと勘違《かんちが》いされてもおかしくない言葉かもね。だけどプロポーズは、僕じゃない誰《だれ》かの役割……うん、これを考えると凄《すご》くモヤモヤしてしまうから止《や》めよう。

まったく、父性っていうのは思ったより厄介《やっかい》なものなんだな。

いつまでも庄川さんのことを独占《どくせん》していたいという気持ちが、どんどん強くなってくる。

ずっと一緒にいたいって想《おも》いが、際限なく湧《わ》いてくる。

隣の彼女を見るだけで心が温かくなって、彼女と目が合うだけで心臓が跳《は》ね回って、彼女が微笑んでくれるだけで胸が幸福感で満ちる。

あぁこんな時間が一生続けばいいのに、なんて思ってしまう。

実際のところ、いつまでこんな関係が続けられるのかはわからない。

いつまで庄川さんが僕のことを必要としてくれるのかはわからない。

終わりのことを考えると、胸が張り裂《さ》けそうになるけれど。

それでも……。

◆　◆　◆

この街は、魔光《まこう》少女を名乗る一人の女の子によって守られている。
僕は彼女がどうやってその力を手に入れて、なぜ街を守ってくれているのか知らない。
誰も、知らない。
だけど一つだけ、僕には知っていることがあって。
僕は、彼女がその秘密を抱え続ける限り。
彼女が、魔光少女である限り。
一生その秘密を守ることを、この日誓ったのだった。

あとがき

どうも、はむばねです。

この度《たび》、第30回ファンタジア大賞にて『金賞』をいただきました。

……………ええ、いただいたんですけども。

正直に申し上げますと、「受賞出来るとは思ってなかった」というのが素直《すなお》な感想です。

もちろん投稿《とうこう》作には全力を込め、今の自分に作れる最高のものを書き上げたつもりではございました。ただ、何と表現すればよろしいものか。

私がライトノベルを読み始めたのは、高校一年生の夏だったのですけども。その頃《ころ》から現在に至るまで、最も多く読んできたのはファンタジア文庫の作品だと思います。ライトノベルに出会ってからの十七年、人生の半分以上の期間、私はファンタジア文庫と共に過ごして来たのです。だからなんというか私にとって、ファンタジア文庫っていうのは身近にありつつも凄《すご》く遠い存在だったのですね。書く対象ではなく読む対象、といいますか。

ゆえに、自分の名がそこに連なる日が来ようとは思ってもみなかったのです。

ですが、皆様《みなさま》がこのあとがきを読まれているということは。実はドッキリだったという可能性も消え去り、無事『はむばね』の名がファンタジア文庫の棚《たな》に並んでいるのでしょう。そのことを光栄に思うと共に、ファンタジア作家の名に恥《は》じぬよう読者様に楽しんでいただけるような作品作りを…………うん、なんかちょっと真面目《まじめ》っぽい雰囲気《ふんいき》になってしまいましたね。

あとがきから読む派の皆さん、安心してください！　本作は、とにかく笑って萌《も》えりゃそれでＯＫ！　な感じのラブコメとなっております！　難しいことは考えず、頭空っぽにして読んでください！「トイレとかで気軽に読んでいただけるようなライトなノベル」を目指しております作家、はむばねでございます！

えー、そんなこんなで（？）ね。内容について、もう少し触《ふ》れておきますと。

本作は主人公である平地《ひらち》護常《もりつね》がヒロイン庄川《しょうかわ》さんの秘密を守るために奔走《ほんそう》したり、そこに周りが介入《かいにゅう》することで色んな勘違《かんちが》いが発生したりでわっちゃわっちゃなっていく様を各人の視点でお送りする……といった感じのお話となっております（雑な紹介《しょうかい》）。

ただ、実はこれ、最初からこういった構成になっていたわけではなくてですね。投稿時点では護常視点での描写《びょうしゃ》のみでしたし、サブキャラたちの出番もこんなにはありませんでした。勘違い・すれ違いも、ほとんどが護常と庄川さんの間でのみ発生していた形ですね。特に里崎《さとざき》さんなんかは、元々『マホマホに詳《くわ》しいギャル』的な立ち位置でしかなかったのですけども。まさかこんな本性《ほんしょう》を隠《かく》していようとは……投稿時には、作者自身も想像しておりませんでした。

彼女がどんな本性を隠していたのかについては、本編でご確認《かくにん》いただくとして。この辺りは、受賞後に編集部との相談を経《へ》て大改造するに至った次第《しだい》でして。おかげさまで、投稿時よりも大幅《おおはば》なパワーアップを遂《と》げた作品をお届けできていると思っております。まぁ、大幅な加筆が入った結果かなりページ数を超過《ちょうか》してしまい、途中《とちゅう》からヒィヒィ言いながら削《けず》りに削る作業が続いたりもしたわけですが……その分、最終的に本編に残っている部分については本当に必要な箇所《かしょ》のみが凝縮《ぎょうしゅく》されておりますのでね。

……うん、まぁ、本編を既《すで》に読んでいただいた方の中にはですね。「必……要……？」的な感想を抱《いだ》いている方もいらっしゃるかもしれませんけども。割と、本筋に関係ない描写も多いのでね。しかしそういう部分こそが、私にとっては『外せない部分』なのです。

具体的に言うと、『笑い』ですね。これまた高校一年生の夏から小説というものを書き始めて、気が付けば早十七年。ずっと一貫《いっかん》してこだわっている部分が『笑い』なのです。作品の構成によってバランスはある程度まちまちではありますが、私が十七年の間に書いてきた中で『笑い』の要素が入っていない作品は一つたりとてありません。

そして、その十七年の積み重ねの中で。本作は、質・量共に最高の『笑い』を詰《つ》め込めたと思っておりますので。是非《ぜひ》とも、笑っていただけますと幸いでございます。


……なんか、またしてもちょっと真面目っぽい雰囲気になってしまいましたね。笑えと書いているあとがきに笑える部分がないというのはどうなのか。いや、うん、まぁ、そこは本編にお任せするところということで……。

えー……とにもかくにも、ですね。紙面もそこそこ埋《う》まって参りましたということで。普通《ふつう》のあとがきの流れですと、この辺りで謝辞に入ることが多いと思うのですけれど。その前に、少しだけ宣伝を入れさせていただきます。

と言いますのも実は今回、本作以外にも他社様でも受賞をいただいておりまして。

第11回HJ文庫大賞にて『銀賞』をいただきました作品、『カンスト勇者の超魔教導《オーバーレイズ》』が本作より先んじてHJ文庫より発売中でございます。本作を気に入っていただけた方は、よろしければそちらもお手に取っていただけますと幸いでございます。

また、こちらは予定が未定で恐縮《きようしゆく》なのですが、ジャンプ小説新人賞16Winter小説フリー部門でも『銀賞』をいただいておりまして。こちらも水面下では色々と動いておりますので、今後の動きを見守っていただければと思います。


以上、宣伝失礼致《いた》しました……では、今度こそ謝辞を。

イラストをご担当いただきましたsune様、大変可憐《かれん》なイラストでキャラクターたちを彩《いろど》っていただきまして、誠《まこと》にありがとうございます。

ファンタジア大賞審査員《しんさいん》の皆様、この度は素晴らしい賞に選んでいただき心より御礼《おれい》申し上げます。

担当のS様、色々と大変な状況《じょうきょう》の中で本作を共に最後まで作り上げていただきまして、本当にありがとうございました。

お世話になりました方全《すべ》てのお名前を列挙するわけにも参らず恐縮《きょうしゅく》ですが、本作の出版に携《たずさ》わっていただきました皆様、普段《ふだん》から支えてくださっている皆様、そして本作を手にとっていただきました皆様、全員に心よりの感謝を。

それでは、またお会いできることを切に願いつつ。

今回は、これにて失礼させていただきます。

けむばね

お便りはこちらまで

〒一〇二―八〇七八
ファンタジア文庫編集部気付
はむばね（様）宛
sune（様）宛

富士見ファンタジア文庫

お助《たす》けキャラに彼女《かのじょ》がいるわけないじゃないですか

平成30年1月20日　初版発行

著者――はむばね

発行者――三坂泰二

発　行――株式会社KADOKAWA
〒102-8177
東京都千代田区富士見2-13-3
0570-002-301（ナビダイヤル）

印刷所――旭印刷

製本所――本間製本

※定価はカバーに表示してあります。
KADOKAWA　カスタマーサポート
［電話］0570-002-301（土日祝日を除く11時～17時）
［WEB］http://www.kadokawa.co.jp/（「お問い合わせ」へお進みください）
※製造不良品につきましては上記窓口にて承ります。
※記述・収録内容を超えるご質問にはお答えできない場合があります。
※サポートは日本国内に限らせていただきます。

ISBN978-4-04-072619-9　C0193

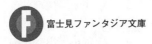